Raconte-moi la fin

Du même auteur

Des êtres sans gravité
Actes Sud, 2013

L'Histoire de mes dents
Éditions de l'Olivier, 2017

.

VALERIA LUISELLI

Raconte-moi la fin

Un essai en quarante questions

traduit de l'anglais
par Nicolas Richard

LES FEUX
Éditions de l'Olivier

Le traducteur tient à remercier pour leurs conseils,
leur patience et leurs suggestions Stéphanie Hennette,
Antoine Vauchez et Judith Aquien,
cofondatrice en France de l'association Thot,
qui permet à des réfugiés et demandeurs d'asile
de suivre une formation pour apprendre le français.

L'édition originale de ce livre
a paru chez Coffee House Press en 2017,
sous le titre : *Tell Me How It Ends*.

ISBN 978.2.8236.1241.7

I

LA FRONTIÈRE

« Pourquoi êtes-vous venu aux États-Unis ? » C'est la première question du dossier de demande d'asile soumis aux enfants migrants non accompagnés. Le questionnaire est utilisé au tribunal de l'immigration à New York où j'ai commencé en 2015 en tant qu'interprète bénévole. Ma tâche y est simple : je conduis un entretien avec les enfants au tribunal en suivant le questionnaire, après quoi je traduis leurs histoires d'espagnol en anglais.

Mais rien n'est jamais si simple. J'entends des mots qui sortent de la bouche des enfants, tissés dans des récits complexes. Ils sont prononcés avec hésitation, parfois méfiance, toujours avec peur. Il faut que je les transforme en mots écrits, en phrases succinctes, en termes arides. Les histoires des enfants sont toujours éparpillées, bégayées, toujours brisées, aucun récit ordonné ne pourra les réparer. Le problème, quand on essaye de transformer leur histoire en récit, c'est qu'elle n'a pas de début, pas de milieu, et pas de fin.

Quand l'entretien avec un enfant est terminé, je rencontre les avocats à qui je transmets et commente ma retranscription et mes notes occasionnelles. Les avocats analysent ensuite les réponses des enfants, essayent de trouver des options pour bâtir une défense viable afin d'empêcher l'expulsion de l'enfant et en vue de lui faire obtenir un statut lui donnant droit de séjour. L'étape suivante consiste à lui trouver une aide juridictionnelle. C'est à partir du moment où un avocat a accepté un dossier que la véritable bataille juridique commence. Si cette bataille est gagnée, l'enfant aura un droit de séjour en tant qu'immigrant. Si elle est perdue, un juge signera contre lui une obligation de quitter le territoire.

Je regarde nos propres enfants dormir sur la banquette arrière de la voiture tandis que nous franchissons le George Washington Bridge et entrons dans le New Jersey. Sur mon siège de copilote, je me retourne de temps en temps et j'observe mon beau-fils de dix ans, qui habite au Mexique et nous rend visite, et ma fille de cinq ans. Au volant, mon mari se concentre sur la route.

Nous sommes à l'été 2014. Dans l'attente qu'une *green card* nous soit accordée ou refusée, nous décidons d'entreprendre un road-trip en famille. Nous partirons de Harlem, à New York, pour nous rendre à Cochise, en Arizona, près de la frontière américano-mexicaine.

Si l'on en croit le jargon légèrement insultant de la loi sur l'immigration aux États-Unis, durant les quelques trois ans où nous avions habité New York, nous avions été des *nonresident aliens*, des « étrangers non résidents.» C'est le terme utilisé pour décrire toute personne venant d'en dehors des États-Unis − « *alien* » − qu'ils soient ou pas résidents. Il y a, à ma connaissance, les *nonresident*

aliens, les «étrangers non résidents», les *resident aliens*,
les «étrangers résidents» et même les *removable aliens*,
les «étrangers expulsables». Nous voulions devenir
des «étrangers résidents», et pourtant nous savions ce
qu'impliquait une demande de *green card* : les avocats,
les frais, les multiples vaccinations et autres examens
médicaux, les mois d'incertitude prolongée, les phases
intermédiaires plutôt humiliantes, comme devoir attendre
un document d'*advance parole*, faisant office de permis
provisoire de travail et de résidence, une sorte de laissez-
passer vous autorisant à sortir du pays et à y rentrer sous
condition, comme un criminel et, en attendant l'*advance
parole*, l'interdiction de voyager à l'étranger, sous peine
de perdre son statut d'immigration. En dépit de tout
cela, nous avions décidé de faire la démarche.

Une fois notre demande finalement envoyée, quelques
semaines avant notre road-trip, nous avons commencé à
éprouver une drôle de sensation, à nous sentir quelque peu
déplacés, un peu circonspects – comme si le fait d'avoir
glissé cette enveloppe dans la boîte aux lettres bleue en
bas de chez nous, au coin de la rue, avait modifié quelque
chose en nous. Nous plaisantions, de manière assez frivole,
sur les définitions possibles de notre nouveau statut migratoire, désormais en instance. Étions-nous des «étrangers
en souffrance» ou des «auteurs en quête de statut», des
«auteurs étrangers» ou peut-être des «Mexicains en
instance»? J'imagine que, dans le fond, nous nous posions
simplement, peut-être pour la première fois, la question
que je pose maintenant aux enfants au début de chaque
entretien : «Pourquoi êtes-vous venu aux États-Unis?»

Nous n'avions pas de réponse claire. Personne n'en a jamais. Mais les jeux étaient faits, nous avions rempli nos formulaires de demande et, dans l'attente d'une réponse, nous n'avions pas le droit de sortir des États-Unis. Si bien que lorsque l'été est arrivé, nous avons acheté des cartes routières, loué une voiture, mis dans nos valises quelques affaires de première nécessité, créé des playlists et quitté New York.

La demande de *green card* n'a rien à voir avec le dossier de demande d'asile qu'on fait remplir aux mineurs sans papiers. Lorsqu'on fait une demande de *green card* il faut répondre à des questions telles que : « Avez-vous l'intention de pratiquer la polygamie ? » et « Êtes-vous membre du Parti communiste ? » et « Avez-vous déjà sciemment commis un crime de turpitude morale ? » Certes rien ne peut, ou ne devrait, être pris à la légère quand on est dans la position fragile de celle ou celui qui demande la permission de vivre dans un pays qui n'est pas le sien, cependant il y a dans le dossier de demande de *green card* quelque chose de presque innocent quant aux visions et préoccupations associées à l'avenir et à ses menaces potentielles induites : débauche avec partenaires multiples, communisme, moralité douteuse ! Le dossier de demande d'une *green card* recèle une sorte de candeur surannée, comme les films à gros grain de la guerre froide que nous regardions sur VHS. Le dossier de demande d'asile soumis aux enfants sans papiers, en revanche, révèle une réalité plus froide, plus cynique et brutale. Il se lit comme s'il était écrit en haute définition, et au fil de ses quarante questions, il est impossible de ne pas avoir l'impression que le monde est devenu un endroit bien plus foireux que ce que quiconque aurait pu imaginer.

La procédure au cours de laquelle on pose des questions à l'enfant durant l'audition est appelé *screening*, (*screening* : tri, sélection) ; terme aussi cynique qu'approprié : l'enfant est une bobine de film (*screen* : écran), le traducteur-interprète un appareil obsolète utilisé pour décrypter ces heures de rushs, le système juridique un écran (*screen*), lui-même trop usé, crasseux et abîmé pour permettre la moindre netteté, la moindre attention aux détails. Les histoires font souvent l'objet de généralisations, de distorsions, elles paraissent floues.

Avant que commence formellement le *screening*, la personne qui va mener l'entretien doit fournir des informations biographiques de base : le nom de l'enfant, son âge et son pays de naissance, le nom d'une personne référente aux États-Unis, les gens avec qui il ou elle habite actuellement ainsi qu'un numéro de téléphone et une adresse. Tous ces détails doivent être consignés par écrit tout en haut de la première page du dossier.

Quelques espaces plus bas, juste avant la première question, une ligne flotte sur la page comme un silence gênant :

Où est la mère de l'enfant ? _____ le père ? _____

La personne qui mène l'entretien doit noter par écrit toute information que l'enfant pourra ou voudra donner pour remplir les blancs – ces deux espaces vides qui ressemblent un peu à des blessures mal recousues. Trop souvent, ces blancs restent vierges : tous les enfants arrivent sans leur père ni leur mère. Et nombre d'entre eux ne savent même pas où sont leurs parents.

Nous traversons l'Oklahoma en voiture, début juillet, lorsque nous entendons parler pour la première fois de la vague d'enfants arrivant seuls et sans papiers à la frontière. Au cours de notre long périple vers l'ouest, nous commençons à suivre l'histoire à la radio. C'est une triste histoire qui nous touche de près et pourtant paraît complètement inimaginable, presque irréelle : des dizaines de milliers d'enfants du Mexique et d'Amérique centrale sont détenus à la frontière. Rien n'est clair dans la façon dont la situation est initialement présentée – laquelle situation est bientôt désignée, de manière plus large, comme une crise migratoire, même si d'aucuns lui préféreront la dénomination plus pertinente de « crise des réfugiés ».

Questions, spéculations et opinions inondent soudain les infos des jours qui suivent. Qui sont ces enfants ? Que va-t-il leur arriver ? Où sont les parents ? Où iront-ils ensuite ? Et pourquoi, pourquoi sont-ils venus aux États-Unis ?

Au tribunal de l'immigration, je pose la question aux enfants : « Pourquoi êtes-vous venu aux États-Unis ? »

Leurs réponses varient, mais ils indiquent souvent un unique facteur d'attraction : regroupement avec un parent ou un autre membre de la famille ayant émigré aux U.S.A des années plus tôt. Parfois, les réponses évoquent des facteurs répulsifs – le contexte impensable que les enfants fuient : violence extrême, persécution et coercition par des gangs, sévices mentaux et physiques, travail forcé, négligences, abandon. Ils ne courent même pas après le rêve américain, ils aspirent plus modestement à s'extirper du cauchemar dans lequel ils sont nés.

Puis vient la question numéro deux du dossier de demande d'asile : « Quand êtes-vous entré aux États-Unis ? » la plupart des enfants ne connaissent pas la date exacte. Ils sourient et répondent « l'année dernière » ou « il y a quelques mois » ou simplement « je sais pas. » Ils ont fui leurs villes, petites ou grandes ; ils ont marché, nagé, se sont cachés, ont couru, sont montés dans des trains de marchandises et des camions. Ils se sont rendus aux agents de la Border Patrol. Ils ont fait tout ce trajet à la recherche de — de quoi, au juste ? Le dossier ne cherche pas à en savoir davantage sur ces autres sujets. En revanche, il réclame des détails précis : « Quand êtes-vous entré aux États-Unis ? »

Nous nous enfonçons dans le pays, en suivant l'énorme carte que je sors de la boîte à gants et étudie de temps en temps, la chaleur de l'été devient plus sèche, la lumière plus crue et plus blanche, les routes plus isolées. Nous nous mettons à rechercher la moindre information disponible concernant les enfants sans papiers et la situation à la frontière. Nous accumulons les journaux locaux, qui s'entassent sur le plancher de la voiture, devant mon siège de copilote. Nous nous livrons constamment à de brèves recherches en ligne et écoutons la radio chaque fois que nous captons une fréquence.

De plus en plus de questions, spéculations et opinions inondent les media qui traitent de la crise : certaines sources élaborent des conjectures lucides et complexes sur l'origine et les causes possibles de l'afflux soudain de mineurs non accompagnés, d'autres dénoncent les conditions inhumaines et les maltraitances que les enfants doivent endurer lorsqu'ils sont en détention près de la frontière, et quelques autres approuvent les manifestations civiles spontanées contre eux.

Une photographie troublante qui montre des hommes et des femmes brandissant en l'air des drapeaux, des banderoles et des armes est ainsi légendée : «Les manifestants, dont certains exercent leur droit de porter une arme à condition qu'elle soit visible, se rassemblent devant le Wolverine Center à Vassar [Michigan], censé accueillir des jeunes en situation illégale, ils veulent montrer leur consternation face à une telle situation.» Sur une autre photographie que nous trouvons sur Internet, un couple âgé tient une pancarte «Illegal Is a Crime» et «Renvoyez-les aux expéditeurs.» Ils sont assis sur des transats, portent des lunettes de soleil. La légende explique : «Thelma et Don Christie, de Tucson, manifestent contre l'arrivée d'immigrants sans papiers à Oracle, Arizona. Le 15 juillet 2014.» Je zoome sur leurs visages et m'interroge. Qu'est-ce qui est passé par la tête de Thelma et Don Christie quand ils ont préparé leurs banderoles pour la manifestation ? Ont-ils inscrit au crayon de papier sur leurs calendriers :

«Manifestation contre les migrants illégaux», à côté de «messe» et juste avant «bingo»? Que se sont-ils dit en mettant leurs transats dans leur coffre arrière? Et de quoi ont-ils parlé pendant le trajet d'une soixantaine de kilomètres vers le nord pour se rendre à la manifestation sur la commune d'Oracle?

À des degrés divers, certains journaux et pages web annoncent l'arrivée d'enfants sans papiers comme s'il s'agissait d'un fléau biblique. Gare aux sauterelles! Elles recouvriront la surface de la terre jusqu'à ce qu'on ne puisse plus la voir – ces filles et ces garçons couleur café, menaçants, aux cheveux obsidienne, aux yeux bridés. Ils tomberont des cieux sur nos voitures, sur nos pelouses vertes, sur nos têtes, sur nos écoles, sur nos dimanches. Ils feront du boucan, ils apporteront leur chaos, leurs maux, leur crasse, leur peau basanée. Ils obstrueront les jolies vues, ils empliront l'avenir de mauvais présages, ils trufferont nos langues de barbarismes. Et si on les autorise à rester ici, ils finiront par se reproduire!

Nous nous interrogeons: les réactions seraient-elles différentes si tous ces enfants avaient une couleur de peau plus claire? S'ils avaient d'autres nationalités, s'ils étaient mieux nés, plus purs? Seraient-ils davantage traités comme des personnes? Davantage comme des enfants? Nous lisons les journaux, écoutons la radio, voyons des photos et nous posons des questions.

Dans un restoroute non loin de Roswell, Nouveau Mexique, nous surprenons une conversation entre une serveuse et un client. En lui resservant du café, elle lui dit que des centaines d'enfants migrants vont être mis dans des avions privés – financés par un millionnaire patriote, selon la rumeur – et expulsés le jour même vers le Honduras, le Mexique ou ailleurs. Les avions remplis d'enfants « *alien* » [étrangers] décolleront d'un aéroport situé à proximité du célèbre musée de l'OVNI, celui précisément que nos enfants avaient envie de visiter. Le terme « *alien* » qui, il y a encore quelques semaines, nous faisait sourire et émettre des hypothèses, que nous prononcions dans la voiture comme une sorte de *private joke* familiale, nous apparaît soudain sous un jour plus funeste. C'est étrange que les concepts puissent s'éroder si facilement, que des mots jusqu'alors utilisés avec légèreté puissent alchimiquement changer de nature au point de devenir toxiques.

Le lendemain, en quittant Roswell, nous cherchons à savoir ce qui est arrivé à ces expulsés. Nous ne trouvons pas de détails sur les circonstances exactes dans lesquelles ils ont été renvoyés, ni combien ils étaient, ni même s'il est vrai qu'un millionnaire local a financé leur retour au pays. En revanche, en épluchant un communiqué de Reuters, nous tombons sur ces lignes qui font penser au début d'un conte cruel et absurde à la Mikhaïl Boulgakov ou Daniil Harms : « L'air heureux, les enfants expulsés sont sortis de l'aéroport par une après-midi étouffante, sous un ciel couvert. En file indienne, ils sont montés dans un autocar, jouant avec des ballons qu'on leur avait donnés. » Nous nous attardons un moment sur le terme « heureux » et la description étonnamment méticuleuse de la météo locale à San Pedro Sula, Honduras :

« une après-midi étouffante, sous un ciel couvert. » Mais
ce que vraiment nous ne pouvons pas cesser de reproduire quelque part dans les sombres recoins de nos esprits,
c'est l'image troublante des enfants tenant dans leurs
mains ces ballons.

Durant nos longs trajets en voiture, pour faire passer
le temps, nous racontons parfois à nos enfants des
histoires du vieux Sud-Ouest américain, à l'époque
où la région appartenait au Mexique. Je leur parle du
Bataillon Saint-Patrick, le groupe de soldats catholiques
irlandais venu en un premier temps grossir les rangs de
l'armée U.S. au cours de la guerre entre le Mexique
et l'Amérique, mais qui a par la suite changé de camp
pour combattre aux côtés des Mexicains. Je leur parle
du traité de Guadalupe Hidalgo, signé à l'issue de cette
guerre, au terme duquel le Mexique cédait la moitié de
son territoire aux États-Unis. Leur père leur parle de
l'*Indian Removal Act*, la loi sur le déplacement des Indiens,
du président Andrew Jackson, approuvée par le Congrès
en 1830, il leur explique que cette loi a permis d'exiler
brutalement les Amérindiens dans des réserves. Il leur
parle de Geronimo, de Cochise, de Mangas Coloradas
et des autres Apaches Chiricahua : les derniers habitants
d'un continent à se rendre aux Yeux-blancs, après des
années de batailles à la fois contre les Tuniques bleues
U.S. et l'Armée mexicaine. Ces derniers Chiricahuas ont
résisté pendant de nombreuses années encore après la
promulgation de la loi sur le déplacement des Indiens.
Ils se sont finalement rendus en 1886 et ont été « déplacés »

dans la réserve de San Carlos – en Arizona du Sud, région vers laquelle nous nous dirigeons actuellement. Il est curieux, ou peut-être tout simplement sinistre, que le terme «déplacement» soit encore utilisé pour faire référence à l'expulsion d'immigrants «illégaux» – ces barbares bronzés qui menacent la paix blanche et les valeurs supérieures du «pays de la liberté».

Lorsque nous sommes à court d'histoires à raconter à nos enfants, nous nous taisons et contemplons la ligne ininterrompue de l'autoroute, peut-être pour essayer d'assembler les nombreuses pièces du puzzle – inimaginable histoire – qui se déroule juste à l'extérieur du petit monde protégé de notre voiture de location. Tout cela a beau résister à une explication rationnelle, nous en discutons et considérons ses multiples facettes. Nous essayons de répondre de notre mieux aux questions de nos propres enfants sur la situation. Mais nous ne nous en sortons pas très bien. Comment arriver à expliquer ça à ses propres enfants ?

Les troisième et quatrième questions du dossier d'asile sont celles que nos enfants aussi posent à de nombreuses reprises, mais avec leurs mots à eux : «Avec qui avez-vous voyagé pour venir dans ce pays ?» et «Avez-vous voyagé avec quelqu'un que vous connaissiez ?» Tous les enfants sont accompagnés d'un «coyote» qui a été payé. Certains d'entre eux voyagent aussi avec des frères et sœurs, des cousins, des amis.

Parfois, quand nos enfants s'endorment, je me retourne pour les regarder, ou les écouter respirer, et je me demande s'ils survivraient aux mains de coyotes et ce qui leur arriverait si on les déposait à la frontière U.S., livrés à eux-mêmes ou aux bons soins des agents de la Border Patrol. S'ils devaient se retrouver seuls pour traverser des frontières et des pays, mes propres enfants survivraient-ils ?

Les cinquième et sixième questions sont les suivantes : « Quels pays avez-vous traversés ? » et « Comment avez-vous voyagé jusqu'ici ? » À la première, pratiquement tous répondent « Le Mexique » et certains citent le Guatemala, le Salvador et le Honduras. À la question sur la façon dont ils ont voyagé pour arriver ici, dans un mélange de fierté et d'horreur, la plupart disent : « Je suis venu sur La Bestia », qui signifie littéralement « la bête », et désigne les trains de marchandises qui traversent le Mexique, sur lesquels se juchent parfois, chaque année, jusqu'à un demi-million de migrants d'Amérique centrale. Il n'existe pas de services aux passagers sur ces trajets, si bien que les migrants doivent voyager sur les toits des wagons ou dans les interstices entre les wagons.

Des milliers ont péri ou ont été gravement blessés à bord de La Bestia, soit à cause des déraillements fréquents des vétustes trains de marchandises, soit après être tombés du train en pleine nuit. La moindre seconde d'inattention peut être fatale. Certains comparent La Bestia à un démon, d'autres à une sorte de vide qui aspire les passagers distraits dans ses entrailles de métal. Et lorsque ce n'est pas le train lui-même, ce sont les contrebandiers, les voleurs, les policiers ou les soldats qui fréquemment menacent, harcèlent ou attaquent les gens à bord. Il y a un proverbe à propos de La Bestia : Tu y montes en vie, tu en descends momie.

Mais, en dépit des dangers, les gens continuent de prendre le risque. Les enfants assurément prennent le risque. Les enfants font ce que leur ventre leur dit de faire. Ils n'y réfléchissent pas à deux fois lorsqu'il s'agit de courir après un train en marche. Ils courent à côté, attrapent la première barre de métal qui leur tombe sous la main et se hissent sur la première surface à moitié stable sur laquelle ils pourront atterrir. Les enfants courent après la vie, même si cette course les tuera peut-être. Les enfants courent et s'enfuient. Ils ont l'instinct de survie, peut-être, qui leur permet d'endurer presque n'importe quoi, juste pour arriver de l'autre côté de l'horreur, quoi qui les attende là-bas.

Les trajets de La Bestia partent de la ville de Tapachula, dans l'État du Chiapas, ou bien de Tenosique, dans l'État de Tabasco — les deux villes proches de la frontière mexicano-guatémaltèque, suivant soit le tracé du Golfe, à l'est, jusqu'à Reynosa, la ville frontière proche de la pointe à l'extrême sud-est du Texas, soit les itinéraires à l'ouest conduisant à Ciudad Juárez, au Chihuahua, ou à Nogales, au Sonora, qui ont des frontières avec le Texas, l'Arizona et le Nouveau Mexique.

Le voyage sur les toits des trains de marchandises de La Bestia s'achève à la frontière mexicano-américaine. Et là débute un autre périple : un périple pas aussi dangereux, objectivement, mais tout aussi terrifiant aux yeux des enfants. Une fois qu'ils sont descendus de La Bestia et arrivés à la frontière, le boulot des coyotes est normalement terminé et les enfants sont livrés à eux-mêmes. Ils essayent de se rendre le plus tôt possible à la *migra*, ou Border Patrol. Ils savent que ce qui peut leur arriver de mieux c'est d'être officiellement détenus par les agents de la Border Patrol : traverser seul le désert au-delà de la frontière est trop dangereux, voire impossible. Ils savent également que s'ils ne se font pas prendre à ce moment-là, ou s'ils ne se rendent pas d'eux-mêmes aux autorités, ils ont peu de chances d'atteindre leur destination finale – la maison de quelqu'un de leur famille dans une ville, habituellement loin de la frontière. Si les procédures juridiques ne sont pas entamées à ce moment-là, leur destin sera de rester sans papiers, comme nombre de leurs parents ou d'adultes de leur famille déjà aux États-Unis. La vie en tant que migrant sans papiers n'est peut-être pas pire que la vie qu'ils fuient, mais ce n'est assurément pas la vie à laquelle quiconque aspire. Et donc les enfants qui traversent la frontière et s'enfoncent dans le désert essayent de rester à proximité des routes de grande circulation et de marcher bien en évidence le long des grands axes jusqu'à ce que quelqu'un – de préférence un agent de police et non pas un *vigilante* (milicien) – les repère.

Je me rappelle un adolescent qui, au cours d'un entretien au tribunal, m'a parlé de son désespoir croissant quand, après des heures de marche dans les plaines arides du Nouveau Mexique, la Border Patrol n'était toujours pas apparue. C'était seulement au deuxième jour dans le désert, sous le soleil brûlant, qu'un véhicule avait finalement surgi au loin, à l'horizon. L'adolescent s'était mis au milieu de la route en agitant les bras. Et quand le véhicule s'est arrêté à sa hauteur, à son plus grand soulagement, deux grands agents sont sortis et l'ont embarqué.

Ma mère m'a toujours dit que j'étais né sous une bonne étoile, a-t-il dit pour conclure son histoire.

Dès qu'un enfant est arrêté par la Border Patrol, il ou elle est placé(e) dans un centre de détention, communément appelé *hielera*, ou la « glacière.» La glacière doit son nom au fait que les enfants y sont gardés en application de la loi sur l'immigration et les douanes, l'Immigration and Customs Enforcement : I.C.E. [1] Le nom rappelle également que les centres de détention sont des sortes d'énormes réfrigérateurs pour les gens, constamment alimentés en air glacial, comme pour s'assurer que la viande étrangère ne s'avarie pas trop rapidement – elle doit en effet forcément receler plein de microbes mortels. Les enfants sont traités davantage comme des porteurs de maladies que comme des enfants. En juillet 2015, par exemple, l'American Immigration Lawyers Association (AILA) a porté plainte après avoir appris que, dans un centre de détention à Dilley, Texas, on avait vacciné 250 enfants contre l'hépatite, leur administrant des doses pour adultes. Tous tombés gravement malades, les enfants avaient dû être hospitalisés.

La loi stipule qu'une personne ne doit pas rester dans la glacière plus de soixante-douze heures, mais les

---

1. Jeu sur le mot «ice» qui signifie, en anglais, «glace» (*N.d.T.*)

enfants y sont souvent immobilisés sur de plus longues périodes, exposés non seulement à des conditions inhumaines et des températures glaciales mais aussi à de la maltraitance verbale et physique ; ils n'ont parfois pas la place de s'allonger pour dormir, n'ont pas le droit d'aller aux toilettes aussi souvent que nécessaire et sont sous-alimentés.

On ne distribue que des sandwiches congelés deux fois par jour, m'a dit une fois un adolescent à qui je faisais passer l'entretien pour le dossier d'asile.

C'est tout ce que tu as mangé ? ai-je demandé.

Non, pas moi.

Comment ça, pas toi ?

J'ai pas mangé ces trucs-là.

Pourquoi ?

Parce qu'ils donnent le triste-ventre.

Tandis que nous roulons du sud-ouest du Nouveau Mexique vers l'Arizona, il devient de plus en plus difficile d'ignorer l'inconfortable ironie de la situation : nous voyageons dans le sens opposé à celui des enfants dont nous suivons à présent les histoires de si près. En approchant de la frontière nous empruntons des petites routes et ne voyons pas un seul migrant – enfant ou adulte. Nous voyons d'autres choses, cependant, qui laissent deviner leur présence fantomatique, passée ou à venir. Le long d'une étroite route de terre, au Nouveau Mexique, partant de la ville fantôme de Shakespeare et conduisant jusqu'à une autre appelée Animas, nous repérons un sentier de fanions que des groupes de bénévoles accrochent aux arbres et aux barrières, indiquant la présence de citernes remplies d'eau pour que les personnes traversant le désert puissent se désaltérer. De temps en temps, nous sommes doublés par d'imposants pickups, et il est difficile de ne pas imaginer la dégaine des types au volant : des gros gaillards avec la barbe ou la tête rasée ou des tatouages abondants ; des miliciens patriotes armés de pistolets et de fusils, comme la constitution le leur garantit, et qui estiment être habilités à s'en servir s'ils voient un groupe d'*aliens* marcher dans le désert. Comme nous approchons d'Animas, nous commençons aussi à remarquer les hordes de voitures de la Border Patrol comme autant de sinistres étalons blancs filant vers l'horizon.

Nous décidons de ne dire à personne dans les petits restaus et les stations-services que nous sommes mexicains, au cas où. Mais nous sommes arrêtés à plusieurs reprises par des agents de la Border Patrol et devons montrer nos passeports et leur adresser de grands sourires en leur expliquant que nous sommes juste des écrivains et juste en vacances. Il nous faut confirmer que oui, nous ne sommes qu'écrivains, même si, oui, nous sommes aussi mexicains. Pourquoi sommes-nous là et qu'écrivons-nous ? veulent-ils toujours savoir.

Nous écrivons un Western, monsieur l'agent.

C'est ce que nous leur disons : que nous écrivons un Western. Nous leur disons aussi que nous sommes venus en Arizona pour les cieux majestueux et le vide – cette seconde partie est plus véridique que l'écriture d'un Western, qui est fausse. En nous rendant nos passeports, un des agents dit sur un ton sardonique :

Donc vous faites tout le trajet jusqu'ici pour trouver l'*inspiration*.

Nous nous gardons bien de contredire quiconque porte un badge et un flingue, et nous nous contentons de dire :

Oui, monsieur l'agent.

Car – comment expliquer que ce n'est jamais l'inspiration qui vous pousse à raconter une histoire, mais plutôt une combinaison de colère et de clarté ? Comment dire : Non, nous ne trouvons pas d'inspiration ici, mais nous trouvons un pays aussi magnifique que brisé, et d'une certaine manière nous en faisons désormais partie, et donc sommes nous aussi brisés comme lui, et ressentons de la honte, de la confusion et parfois du désespoir, et nous essayons de trouver un moyen de faire quelque chose.

Nous remontons les vitres et reprenons la route. Pour nous distraire après le goût amer de la rencontre avec la Border Patrol, je cherche une playlist et j'appuie sur Lecture aléatoire. Une chanson revient souvent : « Straight to Hell » [direct en enfer], des Clash. Nous ne soupçonnions pas que cette chanson deviendrait une sorte de leitmotiv de ce périple. Qui aurait pu deviner qu'une chanson évoquant en partie les enfants « amérasiens » de l'après-guerre du Vietnam et leur exclusion du rêve américain deviendrait, quarante ans plus tard, une chanson sur les enfants d'Amérique centrale dans le cauchemar américain. Ces vers glaciaux me donnent le *triste-ventre* :

Dans le no-man's-land
Y a pas d'asile ici
Le roi Salomon, il a jamais vécu par ici.

La question numéro sept du questionnaire est la suivante : « Vous est-il arrivé quelque chose durant votre voyage aux U.S.A qui vous a fait peur ou vous a blessé ? » Au premier entretien, les enfants donnent rarement des détails sur leur traversée du Mexique, et il n'est pas nécessairement utile de les pousser pour avoir plus d'informations. Ce qu'ils endurent entre leur pays d'origine et leur arrivée aux États-Unis ne joue pas nécessairement en leur faveur devant un juge de l'immigration, si bien que la question n'occupe pas une part substantielle de l'entretien. Mais, en tant que Mexicaine, c'est la question qui me fait le plus honte, car ce qui arrive aux enfants durant leur traversée du Mexique est toujours pire que ce qui arrive n'importe où ailleurs.

Les chiffres racontent des histoires glaçantes.

Viols : quatre-vingts pour cent des femmes et des filles qui traversent le Mexique pour atteindre la frontière U.S. sont violées en chemin. La situation est tellement banale que la plupart d'entre elles prennent des contraceptifs à titre préventif au départ de leur périple vers le nord.

Enlèvements : en 2011, la Commission nationale pour les droits humains au Mexique a publié un rapport spécial sur les kidnappings et enlèvements d'immigrants, révélant que le nombre de rapts entre avril et septembre 2010 – une période de six mois seulement – s'élevait à 11 333.

Morts et disparitions : bien qu'il soit impossible d'établir un chiffre définitif, certaines sources estiment que, depuis 2006, environ 120 000 migrants ont disparu lors de leur transit au Mexique.

Au-delà des statistiques terrifiantes mais abstraites, de nombreuses histoires glaçantes se sont tatouées récemment dans la conscience sociale collective au Mexique. Mais il y en a une en particulier qui est devenue un point de bascule. Le 24 août 2010, les corps de soixante-douze migrants d'Amérique centrale et du Sud ont été retrouvés entassés dans un charnier, un ranch de San Fernando, dans l'État de Tamaupilas. Certains avaient été torturés, et tous avaient été tués d'une balle dans la nuque. Trois migrants du groupe avaient été laissés pour morts et, bien que gravement blessés, avaient survécu. Ils ont pu raconter toute l'histoire : des membres de Los Zetas, un cartel de la drogue, avaient commis cette tuerie de masse après que les migrants avaient refusé de travailler pour eux comme hommes de main, sans pour autant avoir les moyens de payer une rançon.

Je me rappelle les jours sombres qui ont suivi la divulgation de l'info au Mexique – des milliers, voire des millions de gens devant leurs journaux, leurs radios et leurs écrans télé, tous demandant : Comment ? Pourquoi ? Qu'est-ce qu'on a fichu ? À quel moment avons-nous fait fausse route, en tant que société, pour rendre possible de telles atrocités ? Aujourd'hui encore, nous n'avons pas la réponse. Personne ne l'a. Ce que nous savons c'est que, depuis lors, des centaines d'autres charniers ont été découverts. Chaque mois, chaque semaine, on continue d'en découvrir. Et même si l'histoire de «Los 72» – les soixante-douze hommes et femmes, filles et garçons, tous brutalement assassinés – a changé la vision qu'ont à la fois la société mexicaine et le reste du monde de la situation des migrants traversant le territoire mexicain, rien n'a concrètement été accompli pour y changer quoi que ce soit.

Il existe, bien sûr, au Mexique des histoires exemplaires. Ainsi, celle des femmes de Las Patronas de Veracruz qui, il y a déjà plusieurs années, ont commencé à lancer des bouteilles d'eau et de la nourriture aux migrants circulant sur La Bestia et se sont depuis lors officiellement constituées en groupe humanitaire. Il y a aussi les nombreux abris qui offrent nourriture et refuge aux migrants traversant le Mexique, les plus connus étant *Hermanos en el Camino*, sous la houlette du père Alejandro Solalinde. Mais ces histoires – de modestes oasis dans ce no man's land qu'est devenu le Mexique – ne sont que des exceptions, des éclats fugitifs d'espoir dans le cauchemar sombre et assourdissant où les roues métalliques de La Bestia hurlent et crissent en continu.

Et donc, lorsque je dois poser aux enfants cette septième question – « Vous est-il arrivé quelque chose durant votre voyage aux U.S.A qui vous a fait peur ou vous a blessé ? » – je n'ai qu'une envie : me couvrir le visage, les oreilles et disparaître. Mais je sais qu'il ne faut pas, du moins j'essaye de m'en convaincre. Je me rappelle qu'il faut que je ravale ma colère, mon chagrin et ma honte ; que je reste calmement assise et que j'écoute attentivement, au cas où un enfant dévoilerait un détail particulier qui pourrait se révéler la clé de sa défense pour éviter l'expulsion.

Le danger auquel les migrants sont confrontés dans leurs périples ne se termine pas lorsqu'ils arrivent enfin à la frontière entre les U.S.A et le Mexique. La question numéro huit porte sur les crimes, délits et violations du droit sur le territoire U.S. : « Quelqu'un vous a-t-il fait du mal, menacé ou fait peur depuis que vous êtes sur le territoire U.S. ? »

Les histoires rapportant de telles violations sont nombreuses. Certaines sont liminales, comme le cas bien connu du garçon de seize ans, du côté mexicain de la frontière qui, en 2012, a été abattu par un policier américain, lequel a par la suite affirmé que le garçon et d'autres individus lui avaient jeté des pierres. Le policier a plaidé la légitime défense : les balles qu'il a tirées contre les cailloux qu'on lui a lancés. Et les dangers ne s'arrêtent pas une fois la frontière franchie. Nous savons, par exemple, que des milices civiles et des propriétaires de ranchs pourchassent des migrants sans papiers, soit par conviction soit par pur goût de la chasse.

De nombreux migrants meurent aussi de déshydratation, de faim ou d'accidents. Rien qu'à l'institut médico-légal du comté de Pima, en Arizona, plus de 2 200 dépouilles mortelles ont été répertoriées depuis 2001, la plupart n'ayant toujours pas été identifiées. La région aux alentours de la frontière entre le Mexique et les États-Unis est une vaste fosse commune, et les migrants qui périssent dans cette zone de notre continent ne deviennent rien d'autre que des « os dans le désert » – pour reprendre l'expression de Sergio González

Rodríguez à propos des nombreuses femmes assassinées à Ciudad Juárez au plus fort de la crise des féminicides, qui annonçait peut-être aussi la destinée de bien d'autres personnes encore. Il est presque impossible d'identifier des dépouilles mortelles retrouvées dans le désert, car elles sont fréquemment découvertes dans un état de décomposition très avancé et les moyens de communication entre les membres de la famille cherchant les disparus et les institutions responsables des dépouilles sont limités, voire complètement inexistants. Pour ne pas en rester à cette carte de la désolation des morts anonymes, présents et futurs, des initiatives notables ont été entreprises par Humane Borders, une organisation à but non lucratif qui a entre autres créé un procédé de recherche en ligne établissant une correspondance entre les noms des migrants décédés et les coordonnées géographiques spécifiques dans le désert où leurs dépouilles mortelles ont été trouvées. De cette manière, les membres de la famille des disparus peuvent taper un nom dans une barre de recherche et soit voir confirmer leurs pires craintes, lorsque la carte zoome sur un point rouge dans le désert, soit continuer d'attendre et d'espérer. Francisco Cantú, auteur et ex-agent de la Border Patrol, a écrit en termes poignants à propos de ces cartes de la mort et de tous les « fantômes clairement marqués » qui sont autant de pointillés dans les vastes déserts du sud des États-Unis.

Les chiffres et les cartes racontent des histoires d'horreur, mais les histoires les plus horribles sont peut-être celles pour lesquelles il n'y a pas de chiffres, pas de cartes, pas de responsabilité possible, jamais de mots écrits ni prononcés. Et peut-être que la seule façon de garantir un minimum de justice – si tant est que cela soit possible – c'est d'entendre et d'enregistrer ces histoires encore et encore, afin qu'elles reviennent, toujours, nous hanter et nous faire honte. Car être conscient de ce qui se passe à notre époque et choisir de ne pas agir est devenu inacceptable. Parce que nous ne pouvons pas nous permettre de continuer à banaliser l'horreur et la violence. Parce que nous pouvons tous être tenus pour responsables si quelque chose se passe sous notre nez et que nous n'osons même pas regarder.

Nous sommes revenus à Manhattan à la fin de l'été 2014. Les *green cards* de la famille nous attendaient dans le courrier empilé derrière la porte – toutes, sauf la mienne. Mon beau-fils est reparti au Mexique, ma fille est retournée à l'école, mon mari et moi nous sommes remis au travail, et la vie est revenue à la normale – enfin, presque. Il fallait encore que je sache quoi faire concernant ma *green card* perdue, aussi ai-je commencé à consulter régulièrement mon avocate. Le département de la Sécurité intérieure menait peut-être, a-t-elle suggéré, une enquête plus approfondie :

Est-ce que vous voyagez dans des pays à majorité musulmane ? m'a demandé plus d'une fois mon avocate.

J'étais uniquement allée en Jordanie et en Turquie, et cela remontait à dix ans.

Vous êtes sûre ?

Je suis allée en Indonésie quand j'étais petite, me suis-je souvenue lors d'un autre coup de fil, quand elle a répété la question. Il y a eu d'autres questions :

Faites-vous ou avez-vous fait partie d'une organisation présentant une menace pour les États-Unis ?

Ma réponse a sans doute été ennuyeuse :

J'appartiens depuis longtemps au mouvement éducatif United World Colleges et, depuis peu, à la fois à la Modern Language Association et à l'Association of Writers and Writing Programs — des congrégations de *nerds*, en gros, avec un goût prononcé pour l'enseignement, les études universitaires et la littérature.

Ses questions me semblaient de plus en plus déraisonnables et bizarres. Mais il fallait que nous trouvions des plans B et C, aussi ai-je suivi ses conseils en redéposant une demande et, en tant que candidate à la citoyenneté américaine, ai passé je ne sais combien d'heures au téléphone avec les services de l'immigration, l'U.S. Citizenship and Immigration Services (USCIS). Nous avions déjà sollicité des permis de travail temporaires, lesquels nous sont parvenus quelques mois plus tard. Mais toujours pas de nouvelles de ma *green card*. Nous avons cherché d'autres solutions jusqu'à ce qu'un jour mon avocate m'annonce qu'elle était obligée de confier mon dossier à une collègue car on venait de lui proposer un poste dans une association à but non lucratif, pour défendre des enfants migrants, et qu'elle devait donc renoncer à son cabinet privé.

Du jour où je me suis retrouvée un peu toute seule, sans dieux, j'ai commencé à croire férocement au pouvoir des petites coïncidences. Il en va ainsi du hasard, du moins pour ceux d'entre nous qui n'ont pas l'assurance de desseins plus grands. C'était grâce à ma *green card* perdue et grâce au fait que mon avocate avait dû renoncer à suivre mon dossier que je m'étais impliquée dans un problème bien plus urgent. Mes activités plus triviales d'«écrivain *alien*» ou de «Mexicaine en instance» me plongeaient au cœur de quelque chose de plus ample et de plus important.

En descendant Broadway à pied, un matin, au téléphone pour la dernière fois avec mon avocate avant qu'elle transmette mon cas à un autre avocat, je l'ai interrogée sur son nouveau boulot. Elle m'a expliqué que l'administration Obama avait demandé aux tribunaux de l'immigration de traiter en priorité les demandes d'asile de mineurs afin d'entamer les procédures d'expulsion de milliers d'enfants sans papiers. Soudain, avec l'afflux de nouveaux arrivants, il y avait une demande urgente d'avocats dans les tribunaux de l'immigration, et c'est à ce titre qu'on lui proposait ce nouveau poste. Comme la majorité des avocats ne parlaient qu'une langue, m'a-t-elle expliqué, il y avait un besoin pressant d'avocats qui, comme elle, parlaient espagnol. Avant de raccrocher, je lui ai demandé si le tribunal avait besoin de traducteurs ou d'interprètes qui ne soient pas nécessairement avocats, et elle a répondu oui, bien sûr. J'avais encore des questions lorsque nous avons raccroché, mais pas les mots qui convenaient pour les exprimer sur le coup : En quoi consistait ce traitement prioritaire des demandes d'asile de mineurs dans les tribunaux de l'immigration ?

Qui défendait ces enfants, et qui les accusait ? Et de quel crime, exactement ?

Elle m'a mise ce jour-là en contact avec une avocate de l'American Immigration Lawyers Association.

II

AU TRIBUNAL

J'ai commencé à travailler comme interprète au tribunal de l'immigration de New York en mars 2015. J'ai convaincu ma nièce de dix-neuf ans de m'accompagner, au moins le premier jour. Elle venait d'emménager à New York et attendait le résultat de sa demande d'inscription à l'université. Sa vie était – comme il se doit pour quiconque à ce stade – un sacré et joyeux bazar.

Pour notre première journée de travail, ma nièce et moi avons pris le métro direction *downtown* au petit matin, nous avons marché jusqu'au sinistre bâtiment du 26 Federal Plaza. Les mesures de sécurité à l'entrée sont assez similaires à celles des aéroports : il faut montrer son passeport ; retirer vestes, écharpes et chaussures ; déposer ses sacs sur un tapis roulant ; et passer un portillon détecteur de métaux sous le regard scrutateur de policiers.

À l'intérieur, le bâtiment se divise verticalement et horizontalement en couloirs, bureaux, fenêtres, salles d'audience et salles d'attente. Il y a peu d'indications et peu de gens à qui demander un renseignement ou son chemin, il est donc facile de se perdre. L'architecture labyrinthique du bâtiment est, en un sens, une réplique du système américain d'immigration. Et, comme dans tout labyrinthe, certains s'en sortent, d'autres pas. Ceux qui ne s'en sortent pas risquent d'y rester éternellement, spectres invisibles qui montent et descendent dans les ascenseurs et errent dans les couloirs, emprisonnés dans des cauchemars circulaires.

Une avocate de l'AILA que j'avais contactée par téléphone quelques mois auparavant nous a accueillies au rez-de-chaussée. Elle nous a conduites au dixième étage et nous y a présenté deux avocates de The Door – une association à but non lucratif, basée à Manhattan, qui vient en aide aux enfants et aux adolescents, offrant du soutien juridictionnel, de l'assistance socio-psychologique et même des cours de hip hop – avec qui nous allions travailler ce premier jour et au cours des mois à venir.

Après les présentations officielles, les deux avocates de The Door nous ont demandé d'attendre un moment dans la petite salle adjacente à celle où les entretiens étaient menés. Nous étions en avance ; elles n'avaient pas terminé le planning de la journée et aucun enfant n'était encore arrivé. J'ai pris place dans la salle d'attente et ma nièce, par la porte restée entrebâillée, a jeté un œil dans la salle des entretiens où les avocates se préparaient. Elle s'est empressée de revenir me voir pour m'annoncer – avec la fierté et l'enthousiasme de son jeune âge – que tous les membres de The Door étaient des jeunes femmes. J'ai acquiescé d'un hochement de tête stoïque, sans doute pour faire montre de plus de courage et d'aplomb que je n'ai réellement, afin de ne paraître ni ébranlée par son commentaire ni effrayée par ce qui nous attendait de l'autre côté de la porte.

Peu après, les avocates nous ont fait entrer dans la salle des entretiens, où elles ont annoncé les grandes lignes de la procédure que nous allions suivre. Le projet, pour ce premier jour, était que chacune de nous apprenne avec une avocate à faire passer le questionnaire du dossier d'asile. Une fois habituées à la procédure, nous serions en mesure de mener nous-mêmes les entretiens, sans avocate. Mais tant d'enfants se sont présentés ce matin-là que les avocates ont décidé de nous remettre sans attendre les tas de questionnaires, elles nous faisaient confiance, nous ferions très bien le boulot par nous-mêmes. Nous n'avions pas idée de ce qui nous attendait ; pas idée de la profondeur et de l'ampleur de ce à quoi nous allions être confrontées.

Entre l'été 2014 et les premiers mois de 2015, quand ma nièce et moi avons commencé à travailler au tribunal, la couverture media constante de la crise des enfants avait lentement rendu la vue d'ensemble un peu plus claire pour quiconque suivait les infos.

Voilà en tout cas ce qui apparaissait clairement : la plupart des enfants venaient du Guatemala, du Salvador et du Honduras – les trois pays constituant le Triangle Nord – et pratiquement tous fuyaient la violence des gangs. Certes, on observait depuis des années un flux de jeunes migrants isolés vers les États-Unis, en provenance de ces territoires, mais leur nombre s'était accru dans des proportions considérables. D'octobre 2013 à juin

2014, au moment où la crise s'était déclarée, le nombre total d'enfants migrants retenus à la frontière avoisinait les 80 000. Cette augmentation brutale déclenchait des alertes aux États-Unis et l'état de crise était décrété. (Plus tard, à l'été 2015, les chiffres ont été dévoilés : entre avril 2014 et août 2015, plus de 102 000 enfants non accompagnés avaient été détenus à la frontière.)

La salle où les entretiens initiaux ont lieu au tribunal de l'immigration de New York sent l'improvisation, comme un petit camp de réfugiés provisoirement occupé par des organisations locales et les enfants qu'elles entendent inlassablement, chaque jour. L'espace ressemble à une église : un rectangle, vaste et austère, avec pour unique mobilier des bancs alignés les uns derrière les autres. Sur le devant, une balustrade en bois, avec un portillon en son centre, délimite une zone où sont installées deux grandes tables en acajou, auxquelles s'assoient les enfants, les avocates et les interprètes pour les entretiens. Crayons de couleur et carnets sont disposés aux extrémités des tables pour occuper les plus jeunes enfants. Pendant chaque entretien, les membres de la famille de l'enfant prennent place sur les bancs, de l'autre côté de la balustrade et attendent, comme des spectateurs à une messe silencieuse. Le protocole interdit aux membres de la famille de se joindre aux enfants durant les entretiens, car leur présence pourrait influencer leurs réponses. Contre les murs de la salle, à la place des statues de saints ou des peintures qui décoreraient une église, se trouvent des tableaux noirs amovibles sur lesquels avocates et interprètes prennent des notes et les enfants dessinent et gribouillent en attendant leur tour.

Nous n'avons pas véritablement eu de vue d'ensemble au cours de nos premières heures au tribunal, en faisant remplir les premiers dossiers d'asile. Nous avons juste suivi aveuglément toutes les questions du questionnaire, l'une après l'autre, et traduit les réponses. Ce matin-là, en réalité, nous avons prêté main-forte aux organisations qui faisaient face à une situation d'urgence. Non pas l'urgence à la frontière, déclenchée par l'afflux de nouveaux arrivants, mais l'urgence juridique, plus feutrée, plus bureaucratique créée par la décision du gouvernement fédéral de traiter en priorité les dossiers de mineurs en réponse à cet afflux.

Avant que la crise migratoire ne soit déclarée, à l'été 2014, les mineurs cherchant à obtenir un statut sur le territoire américain disposaient d'approximativement douze mois pour trouver un avocat qui les représenterait avant leur première audience au tribunal. Mais une fois la crise déclarée, quand Obama a instauré le traitement prioritaire des dossiers de mineurs, ce laps de temps a été réduit à vingt et un jours. Et donc, de fait, en termes pratiques, la création de cette procédure signifiait que les dossiers des mineurs non accompagnés en provenance d'Amérique centrale étaient regroupés et placés sur le dessus de la pile des affaires à traiter en priorité. Se retrouver sur le dessus de la pile, dans ce contexte, était tout sauf une bonne nouvelle – du moins du point de vue des enfants concernés. Concrètement, le traitement prioritaire des dossiers de mineurs avait pour effet une accélération de 94% des procédures d'expulsion à leur encontre ; les intéressés aussi bien que les organisations leur fournissant une assistance juridique disposaient désormais de beaucoup moins de temps pour mettre en place une défense.

Les organisations à but non lucratif dans tous les États-Unis ont réagi immédiatement à l'annonce d'un traitement prioritaire des dossiers de mineurs. À New York, par exemple, dès août 2014, certaines organisations se sont réunies et ont décidé de se rassembler en une coalition d'urgence, baptisée Immigrant Children Advocate's Relief Effort (ICARE). Cette coalition regroupait sept organisations – la Legal Aid Society, The Door, Catholic Charities, Central American Legal Assistance, Make the Road New York, Safe Passage et Kids in Need of Defense – qui ensemble conjuguaient leurs efforts afin de trouver un moyen de réagir vite et bien à ces procédures prioritaires. Ce sont elles qui ont rédigé les questions du dossier de demande d'asile que ma nièce et moi, aux côtés d'autres bénévoles, allions utiliser pour mener nos entretiens.

Depuis la création du traitement prioritaire des dossiers de mineurs, les enfants sont (et continueront d'être) expulsés en bien plus grand nombre et à un rythme bien plus rapide. Beaucoup d'enfants, qui devraient pourtant bénéficier de l'égalité des droits en matière de procédure juridique, sont expulsés avant même de pouvoir trouver des avocats pour prendre leur défense. Quel enfant est en mesure de trouver un avocat en vingt et un jours ? Et les organisations à but non lucratif ont eu beau réagir promptement et travailler ensemble pour établir un questionnaire permettant de trier les dossiers des enfants afin qu'ils bénéficient aussi vite que possible d'une aide juridictionnelle, elles sont en sous-effectifs et le temps joue contre elles. Comment une poignée d'organisations peut-elle mettre en place un projet valable de défense de tous ces dossiers en si peu de temps ?

Le traitement prioritaire des dossiers de mineurs, en somme, était la réponse la plus froide et la plus cruelle possible que pouvait adresser le gouvernement à l'arrivée d'enfants réfugiés. Sur le plan éthique, cette réponse était plus que discutable. En termes juridiques, c'était une sorte d'échappatoire détournée pour éviter de faire face à une réalité imminente qui frappait aux portes du pays.

Durant une brève pause ce matin-là, ma nièce a indiqué un tableau noir posé contre un des murs de la salle où avait lieu les premiers entretiens. Quelqu'un y avait inscrit une liste de mots répartis en quatre catégories. Nous les avons passés en revue ensemble.

Frontière : coyote, police de l'immigration, glacière, abri

Tribunal : The Door & autres organisations, avocats

Maison : famille, tuteurs

Communauté : ???

Les mots étaient écrits en espagnol. Ils me faisaient penser à un haïku impénétrable. J'ignore ce que ma nièce a fait de la liste, mais elle l'a intégralement recopiée dans un calepin. Moi je n'avais pas de carnet. Plus tard, ce matin-là, une des avocates a expliqué que la liste était là pour aider les enfants à se rappeler les phases de leur périple au cours de l'entretien. Elle ne l'a pas dit, mais d'une certaine manière nous avons compris que les mots griffonnés au tableau étaient aussi une sorte d'échafaudage qui faisait tenir ensemble toutes ces histoires brisées.

Je me souviens des moindres nuances de la première histoire que j'ai entendue et traduite au tribunal. Peut-être simplement parce que c'était celle d'un garçon que j'ai de nouveau rencontré quelques mois plus tard, et avec qui je suis depuis lors restée en contact. Ou peut-être parce que c'est une histoire condensée dans un détail matériel particulier qui a continué de me hanter : un bout de papier que le garçon a sorti de sa poche vers la fin de l'entretien, aux pliures et aux bords usés. Il l'a déplié doucement, l'a traité avec la précision soigneuse d'un chirurgien au moment de pratiquer une incision décisive. Il l'a posé devant moi sur la table. Pendant que je le parcourais, ne sachant toujours pas exactement ce qu'il me montrait, il m'a expliqué que le document était une copie d'une plainte qu'il avait déposée à la police plus d'un an et demi auparavant. En trois ou quatre phrases tapées à la machine, toutes en lettres majuscules, avec quelques fautes grammaticales, il était écrit noir sur blanc que le sujet en question avait déposé plainte contre des membres d'un gang qui l'attendaient chaque jour à la sortie de son lycée, souvent le suivaient jusqu'à chez lui, et avaient commencé à menacer de le tuer. Le document se terminait avec la vague promesse d'« enquêter » sur la situation. Après me l'avoir montré, il a replié la feuille et l'a remise dans sa poche de pantalon, frottant de temps à autre la paume contre son jean, comme pour activer un porte-bonheur.

À la fin de notre première journée au tribunal, ma nièce et moi avons repris la ligne A pour rentrer à la maison. Tandis que notre rame nous ramenait *uptown* à vive allure, s'enfonçant dans de ténébreux tunnels, passant les stations, où des inconnus fantomatiques attendaient sur les quais, l'image de ce bout de papier m'est revenue, avec insistance, avec le pouvoir étrange des symboles. Ce n'était qu'un morceau de papier, humide de sueur, érodé par les frottements, plié et enfoncé dans une poche de pantalon. Au départ, ç'avait été un document juridique, une plainte déposée par un garçon dans l'espoir d'aboutir à un changement dans sa vie. Désormais c'était plus un document historique qui révélait l'échec de l'objectif initial du document et expliquait également la décision prise par le garçon de quitter cette vie-là. D'une manière moins évidente mais tout aussi matérielle, le document était également la carte routière d'une migration, le témoignage de huit mille kilomètres parcourus, à bord de trains, à pied, dans des camions, au travers de plusieurs frontières nationales, tout ce trajet jusqu'à un tribunal de l'immigration dans une ville lointaine où il avait été finalement déplié, étalé sur une table en acajou et lu à voix haute par une inconnue qui avait dû demander à ce garçon : Pourquoi es-tu venu aux États-Unis ?

La couverture médiatique de la crise migratoire a fini par fournir une carte générale et des chiffres plus précis concernant son ampleur, mais n'a pas clarifié ses causes et ses conséquences plus profondes. Elle ne répondait pas à la question du *pourquoi*. La notion de «crise migratoire» elle-même faisait uniquement référence à l'afflux soudain d'enfants aux États-Unis en provenance d'Amérique centrale. Depuis le début, la crise était perçue comme une gêne institutionnelle, un problème dont «souffrait» le département de la Sécurité intérieure et que le Congrès et les juges de l'immigration devaient résoudre. Rares sont les récits qui ont fait l'effort d'aborder la question sous un autre angle et d'appréhender la crise du point de vue des enfants concernés. La réponse politique à la crise, par conséquent, s'est toujours focalisée sur une question qui peu ou prou se formule ainsi : Que fait-on de tous ces enfants maintenant ? Ou, en des termes plus crus : Comment se débarrasse-t-on d'eux ou les dissuade-t-on de venir ?

Questions numéro neuf, dix et onze du dossier pour mineurs migrants : «Aimez-vous l'endroit où vous habitez actuellement ? » ; «Êtes-vous heureux ici ? » ; «Vous sentez-vous en sécurité ? » Il est difficile d'imaginer que ces enfants, considérés comme un problème pour les institutions et comme des intrus importuns par une grande partie de la société dans laquelle ils viennent d'arriver, qui vont bientôt se retrouver face à un juge et vont devoir se défendre contre une obligation de quitter le territoire, effectivement «aiment l'endroit où ils habitent.» Dans les media et l'essentiel du discours politique, le mot «illégal» prévaut sur «sans-papiers», de même que le terme de «migrant» l'emporte sur celui de «réfugié.» Comment quelqu'un qui est stigmatisé comme «migrant illégal» pourrait-il se sentir «en sécurité» et «heureux»? Pourtant les enfants répondent habituellement oui à ces trois questions.

À force d'être présentes tôt le matin au tribunal et de veiller souvent tard le soir ensemble – à regarder de bons et de mauvais documentaires, à lire des rapports, à discuter des études et des articles de presse – ma nièce et moi avons lentement commencé à mieux comprendre la crise, dans ses proportions hémisphériques et ses racines historiques. Une des questions que nous creusions avec le plus de constance avait trait aux gangs dont les enfants parlaient durant le premier entretien: la Mara Salvatrucha 13 (MS-13) et le Barrio 18 (ou Calle 18).

Nous lisions tant et plus, discutions et tâchions d'y comprendre quelque chose. Les deux gangs étaient nés à Los Angeles dans les années 1980, à une époque où les Bloods, les Crips, les Nazi Low Riders et l'Aryan Brotherhood, entre autres, étaient déjà bien établis aux États-Unis. Les membres originaux du Barrio 18 étaient des Hispaniques de la deuxième génération qui avaient grandi dans la culture gang de L.A.. La MS-13 était à l'origine une petite coalition d'immigrés du Salvador qui avaient cherché l'exil aux U.S. pendant la longue et impitoyable guerre civile salvadorienne (1979-1992), au cours de laquelle le gouvernement, dirigé par l'armée, a systématiquement massacré les groupes d'opposition de gauche. Nous avons fait des recherches plus appro-fondies sur la guerre et les luttes entre les guérilleros du front Farabundo Martí de libération nationale et le gouvernement militaire. Le principal allié de ce gouvernement, découvrons-nous (et aurions-nous dû prévoir) était les États-Unis. L'administration Carter et, peut-être plus activement, l'administration Reagan avaient financé et fourni diverses aides au gouvernement qui massacrait à tour de bras et poussait tant de personnes à l'exil. Un cinquième environ de la population du Salvador s'était enfui. Nombre de ceux qui avaient demandé l'asile s'étaient retrouvés avec le statut de réfugiés politiques aux États-Unis – parmi eux, environ trois cent mille à Los Angeles. Toute l'histoire est un absurde cauchemar circulaire.

Plus tard, durant les années 1990, les politiques et les programmes anti-immigration ont conduit à des expulsions massives de ressortissants d'Amérique centrale. Parmi eux, des milliers de membres de la MS-13 – ceux qui en toute probabilité étaient les plus indésirables aux États-Unis. Mais ces politiques se sont pour ainsi dire retournées contre le pays qui les avait initiées : l'expulsion de gangs a davantage pris la forme d'une métastase que d'une éradication. Le gang est aujourd'hui devenu une sorte d'armée transnationale de soixante-dix mille membres répartis aux États-Unis, au Mexique et dans le Triangle du Nord.

Toute l'affaire est une vraie pagaille, un puzzle impossible à assembler si on s'en réfère à la logique et au sens commun. Mais voici en tout cas ce qui est clair : tant que tous les gouvernements impliqués – U.S.A., Mexique, Salvador, Honduras et Guatemala, au moins – n'auront pas reconnu leur part de responsabilité dans les racines et les causes de l'exode des enfants, aucune solution à la crise ne sera envisageable.

Les questions douze et treize concernent en quelque sorte la question de la responsabilité sur le territoire U.S. Non pas l'éventuelle responsabilité du gouvernement pour des crimes politiques, bien sûr – ceux-ci sont enveloppés dans une cape d'invisibilité ou d'impunité, surtout s'ils sont commis à l'étranger, surtout si «l'étranger» est un tout petit pays au fin fond des Amériques hispaniques. Non, les questions portent sur la responsabilité pour des crimes et délits commis sur le territoire U.S., où la coopération d'un migrant avec le gouvernement peut-être généreusement récompensée : «Vos parents ou frères et sœurs ont-ils été victimes d'un crime ou d'un délit depuis leur arrivée aux U.S.A ?» et «Cela a-t-il été signalé à la police ?»

Les victimes de certains crimes ou délits commis aux États-Unis peuvent éventuellement faire une demande de Visa U. Une fois obtenu, le Visa U est une voie possible pour l'obtention d'un statut de résident permanent, à la fois pour les victimes et leur famille (autrement dit la très convoitée *green card* familiale). L'obtention d'un tel statut dépend toutefois du succès de la coopération de la victime avec le gouvernement dans les poursuites du crime ou du délit en question. L'idée sous-jacente est quelque peu cynique et les termes de l'échange sont un brin déséquilibrés : Nous vous donnerons un visa en échange des «maltraitances mentales et physiques réelles» dont vous aurez souffert, résultat d'un crime ou d'un délit commis contre vous... *mais*. Avant cela, il faut que vous acceptiez de collaborer avec les autorités et les fonctionnaires de l'État dans les poursuites engagées.

Pour les victimes de certains crimes avérés et horribles, la permission de rester sur le territoire américain est probablement une récompense insuffisante. Mais c'est mieux que rien, certainement préférable au droit à la fosse commune à Tamaulipas ou Veracruz, par exemple – la « résidence permanente » la plus communément garantie aux migrants d'Amérique centrale qui traversent le Mexique.

La plupart des enfants qui arrivent sont à la recherche de leurs parents, venus aux États-Unis des années auparavant. Si ce n'est pas auprès de leurs parents, ils cherchent refuge auprès de membres de la famille avec qui ils sont restés en contact étroit et qui sont donc encore joignables, qui leur ont peut-être envoyé de l'argent depuis des années et qui ont peut-être aidé à financer et préparer leur périple. Ce sont eux qui habituellement reçoivent les enfants s'ils parviennent à traverser la frontière sans se faire expulser et une fois qu'ils ont obtenu la garde des enfants, ils peuvent se déclarer tuteurs légaux.

Les questions qui viennent ensuite ouvrent une perspective sur la manière dont la migration des enfants réorganise et redéfinit la structure familiale traditionnelle.

Les questions quatorze, quinze et seize portent sur les relations de l'enfant avec les membres de la famille restés au pays : « Avez-vous encore des membres de votre famille vivant dans votre pays d'origine ? » ; « Êtes-vous

en contact avec quelqu'un dans votre pays d'origine?»;
«Qui?/Souvent?» L'arbre généalogique des familles de
migrants est toujours séparé entre deux troncs : ceux qui
partent et ceux qui restent. Ceux qui restent habituellement au pays sont les plus jeunes et les plus âgés,
même s'il est déjà arrivé que se présentent au tribunal
des enfants d'un an ou deux, voire plus jeunes encore,
ayant voyagé dans les bras de frères, sœurs ou cousins à
peine plus âgés. Ceux qui partent sont habituellement
les enfants les plus âgés et les adolescents, à la suite
d'adultes de la famille partis avant eux.

Les questions dix-sept et dix-huit concernent
les membres de la famille qui pourraient faire office
de référents, ou les gens aux soins de qui les enfants
pourraient désormais être confiés : «Avez-vous d'autres
membres proches de votre famille vivant aux U.S.A?»
«Statut d'immigration?» Le statut d'immigration des
membres de la famille est presque toujours «sans-papiers».
Ce qui, bien entendu, signifie que se présenter au tribunal
en compagnie d'un référent expose les autres membres
de leur famille à un système qu'ils ont jusqu'alors évité,
parfois depuis des décennies. Cette culpabilité pèse sur
certains enfants de manière évidente. Nombreux sont
ceux qui demandent durant l'entretien si leurs tuteurs
risqueront désormais de se faire expulser. Les référents
sont obligés de fournir de nombreux détails les concernant
lorsque les enfants passent l'entretien pour le dossier
d'asile, ils doivent décliner leur nom et fournir leur
adresse exacte. Ils se trouvent soudain dans une position
de grande vulnérabilité. Et pourtant des milliers d'enfants

et leurs référents se sont présentés au tribunal depuis que l'afflux a commencé. Les États où le plus grand nombre d'enfants ont été confiés à des parents référents depuis le début de la crise sont le Texas (plus de 10 000 enfants), la Californie (presque 9 000 enfants) et New York (plus de 8 000 enfants).

Les questions dix-neuf, vingt et vingt et un, en revanche, portent sur les membres de la famille avec qui l'enfant vivait avant d'arriver aux États-Unis : «Avec qui habitiez-vous dans votre pays d'origine?»; «Comment vous entendiez-vous avec les gens avec qui vous habitiez?» Les réponses des enfants varient, et il est presque toujours nécessaire de reformuler les questions et de les reposer, car en entrant dans le pays nombreux sont ceux qui préfèrent ne pas parler des situations familiales qu'ils fuient, soit pour éviter la souffrance et l'humiliation qu'elles supposent, soit par loyauté. Mais de nombreuses réponses on peut conclure que «les personnes avec qui vous avez vécu» sont précisément les raisons pour lesquelles l'enfant a dû initialement quitter son foyer et sa communauté.

Et finalement, la question vingt-deux porte sur le noyau même de la cellule familiale : «Êtes-vous resté en contact avec vos parents?» La plupart des enfants donnent la même réponse :

Non.

Non, disent-ils, ils ne sont pas restés en contact et ne savent pas du tout où sont leurs parents. D'autres n'ont pas été en contact avec eux pendant des années mais, soudain, habitaient de nouveau avec eux: regroupement familial de personnes totalement étrangères les unes aux autres.

Au fil des mois qui passent, je pose ces questions à des dizaines d'enfants. Les histoires qu'ils racontent se mêlent les unes aux autres, se combinent, s'intervertissent et se confondent. Peut-être est-ce parce que, bien que chaque histoire soit différente, elles forment aisément un tout, comme autant de pièces d'un grand puzzle. Chaque enfant vient d'un endroit différent, d'une vie particulière, a vécu une palette d'expériences distinctes, mais leurs histoires suivent habituellement la même intrigue foireuse et prévisible.

Qui correspond peu ou prou aux grandes lignes suivantes : les enfants partent de chez eux avec un coyote. Ils traversent tout le Mexique aux mains de ce coyote, sur La Bestia. Ils essayent d'échapper aux griffes des violeurs, des policiers corrompus, des soldats meurtriers et des gangs de la drogue qui risquent de les exploiter comme esclaves dans les champs de pavot ou de marijuana, quand ils ne les tuent pas d'une balle dans la tête avant de les enterrer dans des charniers. Si quelque chose se passe mal et qu'il arrive malheur à un enfant, le coyote n'est pas tenu responsable. En fait, personne n'est jamais tenu pour responsable. Les enfants qui parcourent cet interminable chemin de croix jusqu'à la frontière U.S. se présentent aux agents de la Border Patrol et sont officiellement détenus. (Souvent par des agents de police qui leur disent des choses du genre : « Parle anglais ! Maintenant t'es en Amérique ! ») On les met ensuite dans la glacière. Puis, plus tard, dans un refuge provisoire. Là, il faut qu'ils commencent à chercher leurs parents – s'ils ont des parents – ou les gens de leur famille qui feront pour eux office de référents. Par la suite, ils sont envoyés là où habite leur référent. Et finalement ils doivent se présenter au tribunal, où ils pourront tenter d'éviter l'expulsion – s'ils ont un avocat.

Il existe toutefois une exception, un petit retournement de l'intrigue, lorsque les enfants sont officiellement retenus par les policiers de la Border Patrol. L'exception est la suivante : être mexicain. Les enfants mexicains sous la garde de la Border Patrol peuvent être renvoyés immédiatement. Ils ne bénéficient pas obligatoirement de l'asile temporaire, ne sont pas autorisés à essayer de contacter des parents ou des gens de leur famille aux U.S.A., et ne seront assurément pas entendus au tribunal, où ils pourraient contester, légalement, l'obligation de quitter le territoire.

Si un fonctionnaire de la Border Patrol, ayant un enfant mexicain sous sa garde, à qui il a fait passer le premier entretien, décide que cet enfant (1) n'est pas victime d'une forme grave de trafic de personnes, (2) ne risque pas d'être victime de trafic s'il rentre dans son pays d'origine, (3) ne montre pas les signes d'une « peur crédible » de persécution, et (4) est en mesure de prendre de lui-même la décision de rentrer au pays, alors l'agent est habilité à expulser l'enfant. Un agent de la Border Patrol peut justifier sa décision d'expulser un enfant mexicain sur la base de n'importe quelle preuve – aussi fondée ou infondée soit elle – sans avoir de compte à rendre quant à la logique qui a présidé à sa décision.

La procédure par laquelle les enfants mexicains sont ainsi renvoyés est appelée «retour volontaire.» Et, aussi incroyable que cela puisse paraître, le retour volontaire est le verdict le plus fréquent. Hormis une poignée d'exceptions heureuses, tous les enfants mexicains sont expulsés dans le cadre de cette procédure. Cette pratique – irrationnelle, voire totalement absurde – est conforme à la constitution grâce à un amendement à la loi dite Trafficking Victims Protection Reauthorisation Act (la loi pour renforcer la protection des victimes du trafic d'êtres humains), qui fut ratifiée par G.W. Bush en 2008. L'amendement stipule que les enfants originaires de pays ayant une frontière en commun avec les U.S.A peuvent être expulsés sans autre procédure administrative. Autrement dit, si un enfant vient du Mexique ou du Canada, il est immédiatement «expulsable» – c'est un «étranger expulsable.» Cet amendement a été le dernier cadeau de Bush à la loi américaine sur l'immigration parmi la multitude de *chingaderas* (argot urbain mexicain, dont une traduction approximative serait «sales mesures merdiques») qu'il a laissées en héritage.

III

À LA MAISON

Souvent, ma fille me demande :

Alors, elle se finit comment l'histoire de ces enfants ?

Je ne sais pas encore comment elle se finit, lui dis-je habituellement.

Ma fille me relance souvent à propos des histoires qu'elle n'a entendues que d'une oreille. Il y en a une qui l'obsède, une histoire que je ne lui raconte que par bribes et pour laquelle je n'ai pas pu encore lui offrir de véritable fin. Elle commence avec deux fillettes au tribunal. Elles ont cinq et sept ans et viennent d'un petit village du Guatemala. L'espagnol est leur seconde langue, mais la plus âgée le parle bien. Nous nous installons à la table d'acajou où ont lieu les entretiens, et leur mère les observe depuis un des bancs, dans le fond de la salle. La plus petite se concentre sur son cahier de coloriage, un crayon de couleur dans la main droite. La plus âgée a les mains croisées, comme une adulte pourrait le faire, et elle répond à mes questions les unes après les autres. Elle est un peu timide mais s'efforce d'être claire et précise dans ses réponses, les formulant avec un grand sourire auquel manquent ici et là quelques dents.

Pourquoi es-tu venue aux États-Unis ?

Je sais pas.

Comment as-tu voyagé jusqu'ici ?

Un homme nous a emmenées.

Un coyote ?

Non, un homme.

Il a été gentil avec vous ?

Oui, il a été gentil, je pense.

Et où avez-vous passé la frontière ?

Je sais pas.

Texas ? Arizona ?

Oui ! Texas Arizona.

Je me rends compte qu'il est impossible de poursuivre l'entretien, alors je demande aux avocates de faire une exception et d'autoriser la mère à nous rejoindre, du moins brièvement. Nous revenons à la question numéro un, et la mère répond pour les filles, comble les trous, et nous raconte aussi sa version à elle de l'histoire.

Lorsque sa cadette a eu deux ans, elle a décidé d'émigrer au nord et les a confiées à leur grand-mère. Elle a traversé deux frontières nationales sans papiers. Elle n'a pas été interceptée par la Border Patrol et a réussi à traverser le désert avec tout un groupe. Après quelques semaines, elle est arrivée à Long Island, où elle avait une cousine. C'est là qu'elle s'est installée. Les années ont passé, et elle s'est remariée. Elle a eu un autre enfant.

Un jour, elle a appelé sa mère – la grand-mère des fillettes – et lui a annoncé que le moment était venu : elle avait suffisamment économisé pour faire venir ses filles. Je ne sais pas comment la grand-mère a réagi à la nouvelle du départ imminent de ses petites filles, mais elle a soigneusement noté les instructions, qu'elle a ensuite expliquées aux deux fillettes : d'ici quelques jours, un monsieur allait venir les chercher, un monsieur qui allait les aider à rejoindre leur mère. Elle leur a dit que ce serait un long voyage, mais qu'avec lui elles seraient en sécurité. Le monsieur avait déjà emmené plein d'autres fillettes de leur village, leur avait fait traverser deux frontières en toute sécurité, et tout s'était bien passé. Donc cette fois aussi, tout se passerait bien.

La veille du départ, leur grand-mère a cousu un numéro de téléphone à dix chiffres au col de la robe que chacune des fillettes porterait pendant tout le périple. C'était un numéro à dix chiffres que, malgré tous les efforts de la grand-mère, elles n'avaient pas réussi à mémoriser, alors la grand-mère avait décidé de le broder sur leurs robes en répétant à plusieurs reprises une unique instruction : il ne fallait pas qu'elles quittent leurs robes, même quand elles dormiraient, et sitôt arrivées en Amérique, dès qu'elles verraient le premier policier américain, il faudrait qu'elles lui montrent l'intérieur du col de leurs robes. L'agent composerait alors le numéro et elles pourraient parler à leur mère. Le reste suivrait.

Le reste a effectivement suivi : elles sont arrivées à la frontière, ont été placées en détention provisoire, dans la *hielera*, pour un laps de temps indéfini (elles ne se rappelaient plus combien de jours, mais elles ont dit qu'elles n'avaient jamais eu aussi froid de leur vie). Après quoi, elles ont été conduites à un refuge, et quelques semaines plus tard, on les mettait dans un avion à destination de l'aéroport JFK où les attendaient leur mère, leur tout petit frère et leur beau-père.

C'est tout ? demande ma fille.

C'est tout, lui dis-je.

Ça se finit comme ça ?

Oui, ça se finit comme ça.

Sauf que bien sûr ça ne se finit pas là. C'est là que ça commence, avec une convocation du tribunal : une première citation à comparaître.

Une fois que les enfants reçoivent une citation à comparaître, ils doivent se présenter à un tribunal de l'immigration. S'ils ne viennent pas (parce qu'ils ont peur d'aller au tribunal, ou peut-être parce qu'ils ont entre-temps déménagé, ou simplement parce qu'ils n'ont pas reçu la convocation), ils sont généralement «expulsés *in absentia.*» Un juge de l'asile, assisté d'un interprète, informe ceux qui se présentent qu'ils ont droit à un avocat, mais pas aux frais du gouvernement américain. En d'autres termes, il incombe aux enfants de trouver et payer un avocat, ou de trouver un avocat gratuit, susceptible de les aider à plaider leur cause contre la partie civile qui cherche à les expulser.

Au début de l'entretien, le juge commence par rappeler la date et le nom des personnes présentes :

Nous sommes le 15 septembre 2014, à New York, dans l'État de New York. Je suis le juge de l'immigration [nom du juge]

Nous étudions le dossier de [nom de l'enfant].

Puis viennent les questions adressées au demandeur d'asile (l'enfant), à savoir si il ou elle comprend l'espagnol, si il ou elle est inscrit(e) à l'école, et si il ou elle habite à l'adresse indiquée. Ensuite, le ou la juge fait savoir qu'il ou elle va parler à l'avocat et demande :

Plaidez-vous coupable ou non coupable ?

Nous ne contestons pas les allégations et reconnaissons le chef d'accusation.

Et quel est le chef d'accusation ? Fondamentalement, l'enfant est coupable d'être venu aux États-Unis sans permission officielle et se trouve par conséquent susceptible d'être « éloigné » des États-Unis. Le simple fait de reconnaître le chef d'accusation conduit à l'expulsion, sauf si l'avocat de l'enfant peut trouver des éléments à faire valoir en vue de l'obtention d'un statut officiel qui lui permettra de se pourvoir pour contrer l'expulsion. La reconnaissance de la culpabilité, ensuite, est une sorte de porte que la loi maintient entrouverte. C'est le seul moyen pour l'accusé de commencer à se défendre contre une sentence catégorique et de chercher une voie légale pour obtenir un titre de séjour.

Les deux types de statuts les plus classiques sont celui de réfugié et mineur étranger isolé. Si l'enfant est éligible pour l'un ou l'autre, il est possible qu'il ou elle puisse rester légalement aux États-Unis et puisse par la suite prétendre à une résidence permanente garantie par la loi, voire qu'il obtienne la citoyenneté.

Habituellement, la situation que les enfants fuient leur permet de faire valoir leurs droits pour l'asile ou le statut de mineur étranger isolé. Ce statut peut être obtenu en deux étapes. D'abord, un tribunal de grande instance doit établir qu'ils sont empêchés de regroupement familial avec au moins un de leurs parents pour cause de maltraitances, d'abandon, de négligences ou pour un motif similaire au regard de la loi de l'État et que ce regroupement, ou ce retour dans leur pays d'origine, est contraire à leur intérêt. À partir du moment où le tribunal rend ce jugement, la demande d'un titre de séjour pour mineur étranger isolé peut être déposée au tribunal de l'immigration.

L'asile, en revanche, est accordé aux personnes qui fuient des persécutions (ou craignent de futures persécutions) qui seraient fondées sur leur couleur de peau, religion, nationalité, opinion politique et / ou association avec un groupe social particulier. Il est très difficile d'obtenir l'asile car il ne suffit pas que ces enfants aient subi des préjudices indicibles, et de savoir qu'ils continueront d'être la cible de violences systématiques et ciblées de la part de groupes criminels. Il faut prouver que les dommages ou persécutions ont pour *motif* l'appartenance à l'une de ces quatre catégories. Le principal problème avec l'asile – la raison pour laquelle les avocats considèrent souvent que c'est un second choix – c'est que s'ils l'obtiennent, les enfants ne pourront plus jamais retourner dans leur pays d'origine, où ils craignent d'être persécutés, sauf à compromettre leur statut d'immigration aux États-Unis. Les Visas U, plus rares, ne peuvent être accordés qu'aux victimes de certains crimes et délits, et les visas T sont réservés aux victimes de trafics d'êtres humains.

Si l'enfant répond au questionnaire «correctement», il ou elle a plus de chance de voir son dossier défendu par un avocat bénévole. Une réponse est «correcte» si elle donne du poids au dossier de l'enfant et lui fournit la possibilité de bénéficier d'une procédure légale en vue d'obtenir un statut officiel. Et donc, dans le monde tordu de l'immigration, une réponse correcte est, par exemple, celle d'une fillette révélant que son père est un alcoolique qui l'a physiquement ou sexuellement maltraitée, ou celle d'un garçon rapportant qu'il a reçu des menaces de mort ou qu'il s'est fait tabasser de manière répétée par plusieurs membres de gangs après avoir refusé d'être recruté dans leurs rangs à l'école, tout en ayant des blessures physiques pour prouver ce qu'il affirme. De telles réponses – plutôt fréquentes et non pas exceptionnelles – peuvent ouvrir les portes à une assistance juridique et, en fin de compte, à un statut légal aux États-Unis. Quand les enfants n'ont pas suffisamment de blessures de guerre à montrer, ils risquent de ne pas pouvoir se défendre, et ils seront alors très probablement «expulsés» dans leur pays d'origine, souvent sans jugement.

Les interprètes n'ont aucun contrôle sur le type d'assistance juridique que reçoit un enfant. Nous écoutons leurs histoires en espagnol et notons les points clé en anglais. Nous devons simultanément être extrêmement attentifs aux détails et trouver des moyens de les répartir en différentes catégories. D'un côté, il est important de consigner les détails les plus infimes de chaque histoire car un bon avocat pourra s'en servir pour donner plus de poids à tel dossier, ce qu'un interprètc n'aurait pas nécessairement trouvé évident. D'un autre côté, même si cela ne fait pas partie du protocole, nous cherchons pour chaque histoire les catégories plus générales, susceptibles de faire pencher la balance de la justice en faveur du futur client dans un futur procès – des catégories comme l' «abandon», la «prostitution», le «trafic sexuel», la «violence de gang» et les «menaces de mort.» Mais nous ne pouvons pas inventer des réponses qui joueraient en leur faveur, pas plus que nous ne pouvons amener les enfants à nous dire ce qui serait le mieux dans leur situation, même si cela nous tente. Ce peut être déroutant et déconcertant et je me trouve dans une position où je ne sais pas où s'achève l'interprétariat et où commence l'interprétation.

Au fil des entretiens, je note les réponses des enfants parfois à la première personne, parfois à la troisième :
J'ai passé la frontière à pied.
Elle a traversé le fleuve à la nage.
Il vient de San Pedro Sula.
Elle vient de Tegucigalpa.
Elle vient de la ville de Guatemala.
Il n'a même jamais rencontré son père.
Oui j'ai rencontré ma mère.
Mais elle ne se rappelle pas la dernière fois qu'elle l'a vue.
Il ne sait pas si elle l'a abandonné.
Elle envoie de l'argent chaque mois.
Non, mon père n'a pas du tout envoyé d'argent.

servir de fragile et glissante passerelle entre les enfants et le système judiciaire. Nous pouvions retranscrire leurs récits, mais ne pouvions rien faire pour les aider. C'était comme regarder un enfant traverser une avenue à grande circulation, sur le point de se faire écraser par n'importe quel camion ou voiture arrivant à toute allure, nous étions pieds et poings liés, l'une comme l'autre impuissantes. Un jour, alors que nous marchions vers la station de métro, ma nièce a dit :

Tu sais, je crois que je vais faire des études de droit plutôt que d'assistante sociale.

Pourquoi le droit ? ai-je demandé.

Ma question était inutile. Je connaissais déjà la réponse. C'est d'avocats dont on avait désespérément besoin. D'après un rapport exhaustif publié en octobre 2015 par le Migration Policy Institute, la majorité des enfants qui trouvent un avocat passent en jugement et bénéficient, sous une forme ou une autre, d'une autorisation de séjour sur le territoire américain. Tous les autres sont expulsés *in absentia* ou en personne. Ce qui manque cruellement, et de manière urgente, ce sont des avocats acceptant de travailler bénévolement.

Le tribunal de l'immigration étant un tribunal civil, ces « *aliens* » (étrangers) enfants n'ont pas droit à l'aide juridique gratuite que garantit la loi américaine aux citoyens mis en accusation. Autrement dit, cette quatrième phrase des fameux « droits Miranda » – « si vous n'en avez pas les moyens, un avocat vous sera fourni gratuitement » – ne s'applique pas à eux. Voilà pourquoi des organisations à but non lucratif interviennent. Soit à titre bénévole soit à des tarifs extrêmement bas, ces organisations trouvent des avocats pour représenter les enfants « *alien* » (étrangers). Toute l'aide aux enfants migrants sans papiers, on la doit à une poignée d'organisations à but non lucratif, et ce qu'elles ont accompli est impressionnant. Mais elles ne peuvent faire que du raccommodage, elles ne peuvent pas couvrir tous les trous.

Je me rends compte après plusieurs mois de travail à la cour qu'il vaut mieux que j'écrive les réponses des enfants dans mon calepin avant de les recopier dans le dossier.

Un des garçons dit : Le gang m'a suivi après l'école, et j'ai couru, les yeux fermés j'ai couru. Donc j'écris tout ça, et ensuite, dans la marge, je note : Persécution ? Il en dit plus : Et ils m'ont suivi jusqu'à l'école et ensuite ils m'ont suivi jusqu'à chez moi avec un pistolet. Donc je note ça, aussi, puis j'inscris : Menaces de mort ? Il dit alors : Ils ont ouvert ma porte à coups de pied et ils ont tiré sur mon petit frère. Donc je note ça, aussi, mais là, je ne sais trop quoi faire figurer dans la marge : Le pays d'origine présente un danger mortel ? Pas dans l'intérêt de l'enfant de rentrer au pays ? Quels mots sont les plus précis ? Trop souvent, je constate que je n'ai plus envie d'écrire, j'ai juste envie de rester assise, à écouter paisiblement, tout en souhaitant que l'histoire à laquelle je prête attention ait une fin plus favorable. J'écoute, en espérant que la balle tirée sur son petit frère a manqué sa cible. Ce n'est pas le cas. Le petit frère a été tué, et le garçon s'est enfui. Et maintenant, il répond aux

Je travaillais dans les champs, dix ou peut-être quinze heures par jour.

La MS-13 a tiré sur ma sœur. Elle est morte.

Oui, mon oncle me frappait souvent.

Non, ma grand-mère nous a jamais frappés.

Les réponses ont beau commencer à devenir prévisibles au bout de quelques mois d'entretiens, personne n'est jamais prêt à les entendre.

Si les enfants sont très jeunes, outre traduire d'une langue à l'autre, les interprètes doivent reformuler les questions, les déplacer de la langue des adultes à celle des enfants. Quand j'ai interviewé les fillettes aux robes, par exemple, il a fallu que je scinde de nombreuses questions du questionnaire en formules plus simples, plus courtes, jusqu'à finalement trouver une passerelle pour communiquer avec elles. La question vingt-deux, par exemple – «Êtes-vous resté en contact avec vos parents» – est passée par diverses formulations :

Quand tu étais là-bas, comment as-tu contacté ta mère ?

Quoi ?

Tu as parlé à ta mère quand elle était ici et toi là-bas ?

Là-bas où ?

Est-ce que ta mère t'a appelée au téléphone ?

Elle a fini par hocher la tête, m'a regardée en silence. Puis elle a cherché du regard les yeux de sa mère, les a trouvés, et a souri. Elle s'est détendue un peu et s'est mise à parler.

Oui, m'a-t-elle dit. Elle avait parlé à sa mère au

téléphone, et sa mère leur avait raconté des histoires de tempêtes de neige, de grandes avenues, d'embouteillages et plus tard, elle lui avait parlé de son nouveau mari et du bébé, leur nouveau petit frère. Après ça, nous avons demandé à la mère de regagner la zone réservée aux membres de la famille.

Les questions vingt-trois à vingt-six sont un peu moins compliquées, quoique redondantes, et la fillette a pu y répondre avec moins d'hésitation :

Vingt-trois : Alliez-vous à l'école dans votre pays d'origine ?

Tu allais à l'école au Guatemala ?

Non.

Vingt-quatre : Quel âge aviez-vous quand vous avez commencé à aller à l'école ?

J'allais pas à l'école.

Vingt-cinq : Quand avez-vous cessé d'aller à l'école ?

Je vous ai déjà dit, je suis jamais allée à l'école !

Vingt-six : Pourquoi ?

Je sais pas.

Je ne savais pas trop comment poser les questions vingt-sept, vingt-huit et vingt-neuf : « Avez-vous travaillé dans votre pays d'origine ? » ; « Quel type de métier avez-vous exercé ? » ; « Combien d'heures travailliez-vous chaque jour ? » Mais je savais qu'il fallait que je trouve un moyen. Nous en étions déjà à la moitié du questionnaire, et je n'étais toujours pas persuadée qu'un avocat prendrait ce dossier. J'ai reformulé, traduit, interprété :

Qu'est-ce que vous faisiez quand vous habitiez avec votre grand-mère ?

On jouait.

Mais à part jouer ?

Rien.

Vous travailliez ?

Oui.

Vous faisiez quoi ?

Je me souviens pas.

Je suis passée aux questions trente, trente et un, trente-deux et trente-trois. La plus âgée y a répondu pendant que la plus petite déshabillait un crayon de couleur, en grattant l'enveloppe en papier avec l'ongle.

As-tu déjà eu des problèmes à la maison quand tu habitais dans ton pays ?

Non.

Est-ce que tu étais punie quand tu faisais quelque chose de mal ?

Non.

As-tu souvent été punie ?

Jamais.

Est-ce que quelqu'un dans ta famille a une maladie nécessitant une attention particulière ?

Quoi ?

Les réponses de la fillette ne collaient pas vraiment. J'entends par là qu'elles ne jouaient pas en leur faveur. Ce que j'avais besoin d'entendre, même si je ne voulais pas l'entendre, c'est qu'elles avaient été obligées d'exécuter des travaux pénibles, des travaux qui avaient mis en péril leur sécurité et leur intégrité ; qu'elles avaient été exploitées, maltraitées, punies, voire menacées de mort par des gangs. Si leurs réponses ne coïncidaient pas avec ce que la loi considère comme une raison suffisante pour avoir droit à être protégé, la seule fin possible à leur histoire allait être une obligation de quitter le territoire. Il allait être très difficile, avec les réponses qu'elles me donnaient, de tout simplement trouver un avocat qui accepterait de les défendre. Les fillettes étaient tellement jeunes, et même si leur histoire aurait pu leur garantir une aide juridique, elles ne possédaient pas les mots nécessaires pour la raconter. Pour les enfants de cet âge, raconter une histoire – dans leur deuxième langue, traduite dans une troisième – une histoire bien ficelée et convaincante qui leur permettra de bénéficier d'une défense, est pratiquement impossible.

Mais comment finit l'histoire de ces petites filles ? demande ma fille.

Je ne sais pas comment elle finit, lui dis-je.

Elle revient souvent à cette question, exige une vraie conclusion avec l'insistance des tout petits enfants :

Mais qu'est-ce qui se passe, ensuite, maman ?

Je ne sais pas.

Après quelques mois de travail avec The Door sur des dossiers comme celui-ci, un sentiment de frustration et d'échec a commencé à nous envahir, ma nièce et moi. Nous étions en grave sous-effectifs. Il y avait une telle différence entre le nombre d'enfants qui attendaient pour passer l'entretien et le nombre d'interprètes et d'avocats pour les faire passer. Ceux à qui nous avions fait remplir le questionnaire avaient désormais un laps de temps très réduit pour trouver une assistance juridique. Il était clair que notre unique rôle au tribunal était de

servir de fragile et glissante passerelle entre les enfants et le système judiciaire. Nous pouvions retranscrire leurs récits, mais ne pouvions rien faire pour les aider. C'était comme regarder un enfant traverser une avenue à grande circulation, sur le point de se faire écraser par n'importe quel camion ou voiture arrivant à toute allure, nous étions pieds et poings liés, l'une comme l'autre impuissantes. Un jour, alors que nous marchions vers la station de métro, ma nièce a dit :

Tu sais, je crois que je vais faire des études de droit plutôt que d'assistante sociale.

Pourquoi le droit ? ai-je demandé.

Ma question était inutile. Je connaissais déjà la réponse. C'est d'avocats dont on avait désespérément besoin. D'après un rapport exhaustif publié en octobre 2015 par le Migration Policy Institute, la majorité des enfants qui trouvent un avocat passent en jugement et bénéficient, sous une forme ou une autre, d'une autorisation de séjour sur le territoire américain. Tous les autres sont expulsés *in absentia* ou en personne. Ce qui manque cruellement, et de manière urgente, ce sont des avocats acceptant de travailler bénévolement.

Le tribunal de l'immigration étant un tribunal civil, ces « *aliens* » (étrangers) enfants n'ont pas droit à l'aide juridique gratuite que garantit la loi américaine aux citoyens mis en accusation. Autrement dit, cette quatrième phrase des fameux « droits Miranda » – « si vous n'en avez pas les moyens, un avocat vous sera fourni gratuitement » – ne s'applique pas à eux. Voilà pourquoi des organisations à but non lucratif interviennent. Soit à titre

bénévole soit à des tarifs extrêmement bas, ces organisations trouvent des avocats pour représenter les enfants « *alien* » (étrangers). Toute l'aide aux enfants migrants sans papiers, on la doit à une poignée d'organisations à but non lucratif, et ce qu'elles ont accompli est impressionnant. Mais elles ne peuvent faire que du raccommodage, elles ne peuvent pas couvrir tous les trous.

Je me rends compte après plusieurs mois de travail à la cour qu'il vaut mieux que j'écrive les réponses des enfants dans mon calepin avant de les recopier dans le dossier.

Un des garçons dit : Le gang m'a suivi après l'école, et j'ai couru, les yeux fermés j'ai couru. Donc j'écris tout ça, et ensuite, dans la marge, je note : Persécution ? Il en dit plus : Et ils m'ont suivi jusqu'à l'école et ensuite ils m'ont suivi jusqu'à chez moi avec un pistolet. Donc je note ça, aussi, puis j'inscris : Menaces de mort ? Il dit alors : Ils ont ouvert ma porte à coups de pied et ils ont tiré sur mon petit frère. Donc je note ça, aussi, mais là, je ne sais trop quoi faire figurer dans la marge : Le pays d'origine présente un danger mortel ? Pas dans l'intérêt de l'enfant de rentrer au pays ? Quels mots sont les plus précis ? Trop souvent, je constate que je n'ai plus envie d'écrire, j'ai juste envie de rester assise, à écouter paisiblement, tout en souhaitant que l'histoire à laquelle je prête attention ait une fin plus favorable. J'écoute, en espérant que la balle tirée sur son petit frère a manqué sa cible. Ce n'est pas le cas. Le petit frère a été tué, et le garçon s'est enfui. Et maintenant, il répond aux

questions que je lui pose. Ensuite, ses réponses, comme de nombreuses autres, seront classées et envoyées à un avocat : l'instantané d'une vie qui attendra dans le noir jusqu'à ce que, peut-être, quelqu'un en prenne connaissance et décide d'instruire en justice son dossier.

Ma nièce et moi quittons presque systématiquement le tribunal en silence. Nous quittons la réalité brutale et exceptionnelle des histoires que nous avons entendues et traduites ce jour-là, et pénétrons dans la réalité du quotidien de la ville : le bourdonnement des rues bondées, les sirènes, le crissement du métro qui fait halte. Parfois, parfois seulement, dans une rame, sur le chemin du retour, nous nous rapportons des fragments des histoires entendues durant la journée. Raconter les histoires ne résout rien, ne recoud pas les vies brisées. Mais peut-être est-ce un moyen de comprendre l'impensable. Si une histoire nous hante, nous ne cessons de nous la raconter, nous nous la repassons en silence en prenant notre douche, quand nous marchons seules dans la rue ou dans nos moments d'insomnie.

L'histoire qui m'obsède est la première que j'ai eue à traduire. Elle m'accompagne désormais, croît en moi, tous ses détails sont limpides dans mon esprit et constamment revisités. C'est une histoire que je connais bien et que je suis de près, mais à laquelle je ne vois toujours pas de fin possible.

Voici comment elle commence. Un garçon et moi sommes assis à une extrémité de la table en acajou. Il est évident que pour l'un et l'autre le scénario est nouveau, nous sommes tous deux mal à l'aise à l'idée de réduire une histoire aux blancs à remplir entre les questions.

D'abord, je complète les informations biographiques. À côté de « nom », « âge » et « nationalité », j'écris : Manu López, seize ans, Honduras. Puis, en face des mots « tuteur », « lien de parenté » et « résidence actuelle », j'écris : Alina López, tante, 42 Port Street, Hempstead, Long Island, NY. Je regarde les deux questions qui flottent au milieu de la page, en bas : « Où est la mère de l'enfant ? » ; « Père ? » Manu répond d'un haussement d'épaule et j'écris : ? et ?

Pourquoi es-tu venu aux États-Unis ?

Il ne dit rien et me regarde, hausse un peu les épaules. Je le rassure :

Je ne suis pas de la police, je ne suis pas une personne officielle, je ne suis même pas avocate. Et je ne suis pas non plus une *gringa*, tu sais ? En fait, je ne peux pas du tout t'aider. Mais je ne peux pas non plus te faire du mal.

Mais alors *vous* êtes là pour quoi ?

Je suis juste là pour traduire ce que tu dis.

Et vous êtes quoi ?

Comment ça ?

Je veux dire, vous venez d'où ?

Je suis une *chilanga*.

Bah moi, je suis un *catracho*, donc on est ennemis.

Il a raison : je suis originaire de la ville de Mexico et lui est du Honduras, ce qui, à bien des égards, fait de nous des voisins ennemis.

Ouais, dis-je, mais uniquement au football, et de toute façon moi je suis nulle au foot, alors tu m'as déjà marqué cinq buts.

Il sourit, rit presque, même, peut-être. Je sais qu'il va me laisser continuer à lui poser les questions. Je n'ai pas gagné sa confiance, bien sûr, mais au moins j'ai son attention. Nous poursuivons, lentement et avec des hésitations. Il donne ses réponses à voix basse, en chuchotant, et fixe ses mains jointes ou alors se retourne pour regarder sa tante et le bébé, son petit cousin. Je tâche de prononcer mes mots sur un ton neutre, mais on dirait que chaque question le gêne ou l'ennuie. Il répond par phrases courtes ou des haussements d'épaules silencieux. Non, il n'a jamais connu son père. Non, il ne vivait pas avec sa mère quand il habitait dans son pays d'origine. Il l'a déjà vue, oui, mais elle venait et repartait à sa guise. Elle aimait les rues, peut-être. Il n'a pas envie de parler d'elle. C'est sa grand-mère qui l'a élevé, mais elle est morte l'année dernière. Tout le monde mourait ou alors partait au nord. Ça fait six mois maintenant, exactement, qu'elle est morte. Elle s'occupait d'eux, au Honduras, mais c'était sa tante, celle-là même qui est assise dans le fond de la salle d'audience, qui avait toujours envoyé de l'argent.

Ça te plaît d'habiter avec ta tante ?

Il aime bien sa tante. Mais elle a beau faire partie de sa famille, il ne l'a jamais vraiment connue. Elle n'a toujours été qu'une voix au téléphone. Elle appelait régulièrement, de New York, pour savoir comment ils allaient. Je demande qui ça, « ils », pour me faire une idée plus claire. Ou, en d'autres termes, question dix-neuf, avec ses diverses bifurcations, qui débouchent sur d'autres bifurcations, pour donner lieu à des histoires de plus en plus complexes.

Avec qui habitais-tu dans ton pays d'origine?

Avec ma grand-mère et mes deux cousines.

Quel âge ont-elles?

Dix-neuf et treize ans. Non, attendez, dix-neuf et quatorze.

Noms?

Patricia et Marta – pourquoi vous avez besoin de leurs noms?

J'en ai besoin, c'est tout. Sont-elles encore là-bas, toutes les deux?

Non.

Alors où sont-elles?

Quelque part, en route, elles vont arriver.

En route vers les U.S.A.?

Oui.

Avec qui?

Un coyote – qu'est-ce que vous croyez?

Payé par?

Ma tante, assise là-bas.

Elle est aussi leur tante?

Non, elle est leur mère. Ce sont mes cousines, donc elle c'est leur mère, logique, non?

La raison qui motive le voyage des deux jeunes filles, à la suite de Manu, ne s'éclaircit pour moi que lorsqu'on arrive enfin aux dix dernières questions. Ce sont les plus difficiles à poser parce qu'elles font directement références aux gangs, et c'est à ce stade que de nombreux enfants, en particulier les plus âgés, s'effondrent. Les plus petits vous regardent alors avec un mélange de perplexité et d'amusement si vous dites «bandes de criminels organisés», peut-être parce qu'ils associent le mot «bandes» aux groupes de musique. Mais la majorité, y compris les plus jeunes, ont déjà entendu le mot *ganga* ou *pandillero* et le fait de le prononcer revient à enfoncer le bouton d'une machine qui produit des cauchemars. Même s'ils n'ont pas d'expérience directe avec les gangs, la menace est constamment présente, un monstre sous le lit ou au coin de la rue – ils devront tôt ou tard lui faire face.

Les adolescents ont tous été touchés d'une manière ou d'une autre par les tentacules de la MS-13 et du Barrio 18, ou d'autres groupes de ce genre, même si le degré du contact et de l'implication avec les *pandilleros* est variable. Les adolescentes, par exemple, ne sont habituellement pas contraintes d'intégrer les gangs, mais sont souvent sexuellement harcelées par eux ou recrutées pour être les petites amies. On dit aux garçons que leur sœur, leur cousine ou leur copine sera violée si elle n'intègre pas d'elle-même le gang.

Je pose à Manu la question trente-quatre, celle qui ouvre souvent la boîte de Pandore mais fournit aussi à l'intervieweur le matériau le plus précieux pour plaider la cause du mineur : «As-tu déjà eu des problèmes avec les gangs ou le crime dans ton pays d'origine ?»

Manu me raconte une histoire confuse, fragmentée, à propos de la MS-13 et sa sempiternelle lutte contre le Barrio 18. Un des deux gangs essayait de le recruter ; l'autre voulait sa peau. Un jour, des gars du Barrio 18, l'ont attendu, lui et son meilleur copain, devant leur école. Quand Manu et son ami les ont repérés, ils ont su qu'ils ne feraient pas le poids. Les autres étaient trop nombreux. Lui et son copain se sont éloignés à pied, mais ils ont été suivis. Ils ont voulu courir. Ils ont traversé une ou deux rues en courant, jusqu'à ce qu'un coup de feu éclate. Manu s'est retourné – tout en continuant de courir – et a vu que son copain était tombé. D'autres coups de feu ont retenti, mais il a continué à courir jusqu'à trouver un magasin ouvert, et il y est entré.

Questions trente-cinq et trente-six :

Des problèmes avec le gouvernement dans ton pays d'origine ? Si oui, que s'est-il passé ?

Mon gouvernement ? Notez ça dans votre cahier : ils font que dalle pour quelqu'un comme moi, c'est ça le problème.

C'est à ce moment-là que, de sa poche, il tire le bout de papier qui me hantera si longtemps – la copie d'une plainte qu'il a déposée à la police contre le gang. Il a fait cette démarche plusieurs mois avant que son ami soit tué, mais la police n'a pas levé le petit doigt. Et Manu savait, parce que tout le monde le sait, que c'est comme ça, que la police ne ferait rien pour empêcher un deuxième incident, ni un troisième.

Ce soir-là, après l'altercation avec le gang, il a appelé sa tante à New York. Ils ont décidé qu'il quitterait le pays le plus tôt possible. Elle lui a fait promettre de ne pas sortir de la maison au cours des semaines suivantes. Il n'a pas assisté aux funérailles de son ami.

Miguel Hernández a composé un poème intitulé « Élégie » à propos de la mort d'un ami d'enfance. Il s'agit moins d'un souvenir lointain que de la réapparition obsédante de la dépouille de son ami enterré. Ces vers s'enfoncent dans mon esprit comme seules le peuvent les images les plus acérées :

Je veux gratter la terre avec mes dents,
  je veux trier la terre motte à motte
  à coups de dents secs et brûlants.
Je veux miner la terre jusqu'à ce que je te trouve
  et embrasser ton noble crâne
  et te débâillonner et te faire revenir. [1]

Au cours de l'entretien, Manu a répété deux fois qu'il n'avait pas été aux funérailles de son ami. Il n'était pas sorti de chez lui jusqu'à ce que le coyote frappe à sa porte et ils s'étaient enfuis ensemble dans les rues de Tegucigalpa.

Sa tante avait versé 4 000 dollars au coyote. Ils étaient partis à l'aube. Manu explique que les garçons coûtent 4 000 dollars, les filles 3 000 dollars.

Pourquoi ?

Parce que les garçons c'est les pires, dit-il dans un grand sourire.

Nous passons en revue le reste de son histoire : départ de Tegucigalpa au Guatemala en autocar, jusqu'à Arriaga, à la frontière mexicaine, et ensuite à bord de La Bestia, jusqu'à la frontière des U.S.A et du Mexique. Pas de graves problèmes en route, même si j'imagine que des

---

1. Traduction française de V. Pradal.

choses graves ont eu lieu, qui aujourd'hui ne lui paraissent plus si graves. Ensuite : la glacière, l'abri, l'avion jusqu'à l'aéroport JFK et finalement Long Island. Nous sommes sur le point d'achever la session lorsqu'il me fait une soudaine révélation : la raison pour laquelle ses deux cousines, Patricia et Marta, se sont lancées dans le même périple.

Pourquoi sont-elles parties ?

Quelque chose dans son langage corporel s'adoucit et devient plus léger, comme si, à la pensée de ses deux cousines, il perdait un peu de sa dureté – une attitude qui, à force de pratique, comme ça, peut devenir un trait de personnalité. Quand il est parti, explique-t-il, le gang qui avait tué son meilleur ami, a commencé à harceler ses deux cousines. C'est à ce moment-là que sa tante a décidé qu'il valait mieux payer 3 000 dollars pour chacune de ses filles et les exposer aux dangers du périple plutôt que de les laisser sur place. Les difficultés que les jeunes filles vont affronter se multiplient dans ma tête au fur et à mesure que Manu me raconte tout ça.

Au-delà des périls que présentent les gangs organisés et les criminels du Mexique, il y a aussi les forces de police fédérales, de chaque État et municipales, l'armée et les agents de l'immigration qui opèrent sous la houlette du ministère de l'Intérieur et dont les rôles ont été renforcés par les nouvelles politiques plus sévères. Peu après le début de la crise des enfants migrants non accompagnés aux États-Unis, à la suite d'une rencontre entre le président Obama et le président Enrique Peña Nieto, le gouvernement mexicain a présenté son nouveau plan anti-immigration, le *Programa Frontera Sur*. L'objectif du programme, financé à concurrence de 102 millions de pesos par des fonds fédéraux, était de faire cesser l'immigration de ressortissants d'Amérique centrale à travers le Mexique.

Pour justifier le *Programa Frontera Sur*, le gouvernement mexicain maintient que le Mexique doit protéger «la sécurité et les droits» des migrants. Mais la réalité est totalement autre. De fait, depuis que le programme a été mis en œuvre, la sécurité des immigrants est compromise à une plus grande échelle encore, leurs vies sont mises dans une situation de bien plus grande vulnérabilité. Parmi les dispositifs anti-immigrants du programme, essentiellement déployés sur les trajets de La Bestia, on trouve des drones ; des caméras de sécurité et des centres de contrôle implantés dans des lieux stratégiques (trains, tunnels, ponts, passages ferroviaires et centres-villes) ; des barrières et des projecteurs dans les dépôts ferroviaires ; des équipes de sécurité privées et des techniques de géolocalisation utilisés dans les trains ; des systèmes d'alarmes et des détecteurs de mouvements sur les voies ; et, enfin et surtout, les tristement célèbres Grupos Beta, qui, se faisant passer pour une organisation d'aide humanitaire, localisent les migrants avant de les dénoncer aux agents de l'immigration, lesquels peuvent ensuite les «sécuriser» – euphémisme mexicain pour dire «capturer et expulser.» Le *Programa Frontera Sur* est le nouveau jeu vidéo en réalité augmentée du gouvernement mexicain : le joueur qui intercepte le plus grand nombre de migrants a gagné.

Tandis que le gouvernement mexicain augmente progressivement son emprise sur La Bestia, les voyages à bord des trains deviennent de plus en plus risqués et de nouveaux itinéraires sont improvisés. Il y a maintenant des trajets maritimes au départ des côtes du Chiapas, que les migrants empruntent, accompagnés de coyotes à bord de radeaux de fortune et autres frêles embarcations. Nous connaissons les nombreuses histoires de migrants traversant la Méditerranée – ce gigantesque cimetière de la mer – il est donc facile d'imaginer le genre d'histoires dont nous allons entendre parler dans les prochaines années, des histoires de migrants dans les énormes vagues de l'Océan Pacifique.

Depuis le lancement du *Programa Frontera Sur*, en 2014, le Mexique a expulsé en masse les migrants d'Amérique centrale, parmi lesquels un bon nombre auraient été en droit de demander l'asile soit au Mexique soit aux États-Unis. En 2016, par exemple, le Mexique a enregistré le plus de demandes d'asile de son histoire récente. Cette même année a connu une très nette augmentation des taux d'expulsion de populations en provenance d'Amérique centrale. Ce qui, bien entendu, pose la question de savoir si le droit des migrants à bénéficier d'une véritable procédure est respecté.

La plupart des Mexicains, lorsqu'on les interroge sur des questions d'immigration, en parlent comme s'ils étaient tous titulaires d'un doctorat ès relations américano-mexicaines ou bien avaient personnellement une expérience directe du passage illégal de la frontière. Les Mexicains sont des critiques ardents et infatigables des politiques de l'immigration des États-Unis. Et si la plupart des critiques à l'encontre de leurs voisins du Nord sont probablement plus que justifiées, les Mexicains sont bien trop laxistes et indulgents lorsqu'il s'agit d'évaluer les politiques sur l'immigration de notre propre pays, en particulier concernant les habitants d'Amérique centrale.

Sous le *Programa Frontera Sur*, le point focal du contrôle à la frontière pour l'exode d'Amérique centrale se déplace du sud du Rio Grande, qui marque la frontière entre États-Unis et Mexique, à la rivière Suchiate et au fleuve Usumacinta, à la frontière entre le Guatemala et le Mexique. Les États-Unis, bien entendu, non seulement se félicitent d'un tel déplacement mais le financent généreusement : le département d'État a versé au gouvernement mexicain des dizaines de millions de dollars pour filtrer la migration des ressortissants d'Amérique centrale. Autrement dit, s'inscrivant dans la grande tradition des relations gouvernementales entre l'Amérique centrale et les U.S.A., le gouvernement mexicain se fait payer pour accomplir le sale boulot. Et le président Peña Nieto – le garçon le plus impeccablement cynique et sinistre des tyrans serviles d'Amérique du Sud chargés des basses besognes – a mérité son titre de nouvel expulseur en chef du continent : depuis 2014, il a expulsé chaque année plus de ressortissants d'Amérique centrale que les États-Unis, plus de 150 000 en 2015. Le pays est désormais une zone d'incertitude pour les migrants, un énorme et terrifiant poste de douane, dont le personnel est aussi souvent composé de criminels en col blanc que de criminels avec flingues et pickups.

Six mois plus tard, quand je revois Manu, nous sommes dans une grande salle, au vingt-je-ne-sais-combien-tième étage d'un immeuble de bureaux à côté de South Ferry. De la fenêtre, nous voyons Staten Island et, en tendant un peu le cou, nous pouvons apercevoir la statue de la Liberté. Le décor est presque irréel, on se croirait dans un film hollywoodien à gros budget.

Manu vous remercie, me demande de dire sa tante aux trois hommes en costume de luxe assis face à nous, à la table vernie. Je sens son incrédulité et peut-être sent-il la mienne aussi. Les avocats qui vont défendre son dossier font partie d'un des cabinets les plus puissants et les plus chers de New York. Il est rare que des cabinets de ce standing s'impliquent dans des affaires comme celle-ci. Mais grâce à la preuve matérielle que Manu a conservée – la copie pliée de la plainte qu'il avait déposée – The Door a pu trouver un cabinet prestigieux pour défendre bénévolement son cas. Avec ce type de preuve matérielle, ils ne peuvent pas perdre. Les avocats de The Door ont transformé un document défunt en preuve décisive dans une affaire judiciaire.

Parfois, lorsque des dossiers parviennent à cette deuxième étape, les organisations qui travaillent à la cour font de nouveau appel à l'interprète qui a réalisé l'entretien initial. Dans la mesure où les nouveaux avocats de Manu ne parlent pas espagnol, on m'a demandé de continuer à traduire ses propos.

Je n'hésite pas à faire part à Manu de mon enthousiasme à l'occasion de la coïncidence de ces retrouvailles pour la deuxième étape de sa procédure d'immigration. Je lui parle d'une autre coïncidence : Je travaille maintenant dans une université à Hempstead, précisément la ville de Long Island où il habite. Il accueille mon enthousiasme sans un mot, il se montre plutôt distant. Nous nous installons à une grande table noire : Manu, sa tante, trois avocats et moi. On nous propose du café et de quoi grignoter. Alina et moi acceptons le café. Manu dit qu'il prendra un peu de tout si c'est gratuit. Je traduis :

Juste un petit gâteau, s'il vous plaît, merci, c'est très gentil de votre part.

Cette réunion a pour unique objectif de préparer le dossier de demande d'un titre de séjour en tant que mineur isolé étranger, même s'il a probablement plus de chances d'obtenir l'asile. Nous passons en revue le contrat des avocats puis son dossier de demande. Tout se passe sans encombre jusqu'à ce que les avocats demandent si Manu est toujours inscrit dans un établissement scolaire. Oui, répond-il. Il est au lycée d'Hempstead. Mais il veut le quitter le plus vite possible.

Pourquoi ? veulent-ils savoir. Ils lui rappellent que s'il veut régulariser sa situation, il est impératif qu'il soit inscrit au lycée. Il répond lentement et à voix basse, mais peut-être avec davantage de confiance que la première fois que je l'ai rencontré au tribunal, plusieurs mois auparavant. Il baisse la tête, contemple ses mains jointes et reprend la parole. Le lycée d'Hempstead, nous dit-il, est une plaque tournante de la MS-13 et du Barrio 18. Je suis pétrifiée en entendant ces mots, qu'il articule comme on pourrait réciter une liste de courses au super-marché. Il a peur de Barrio 18 mais ne veut pas non plus rejoindre la MS-13, même s'ils ne sont pas aussi dangereux.

Soudain, nous nous mettons tous à soupçonner Manu et avons envie de lui poser la question trente-sept : « Avez-vous déjà appartenu à un gang ? Des tatouages ? » Non, il n'a pas de tatouages. Et non, il n'a jamais fait partie d'un gang.

De fait, il s'avère que Manu a de bonnes raisons d'avoir peur. Des membres du Barrio 18 lui ont cassé la figure. Lorsqu'il me rapporte l'incident, il lui manque deux incisives. Montrant l'intervalle entre ses dents et s'efforçant d'en rire, il dit : Avant, je me moquais de ma grand-mère parce qu'elle avait plus ses dents de devant, et maintenant je me regarde dans la glace et je me moque de moi.

Après l'incident avec le Barrio 18, sa tante Alina s'inquiétait qu'il finisse par avoir des ennuis parce que les gars de la MS-13 étaient intervenus, lui évitant certes de perdre les dents qui lui restaient, sauf que maintenant il leur était redevable. Quand je l'interroge à ce sujet, il dit que la MS-13 d'Hempstead veut le recruter, oui, mais qu'il ne tombera pas dans le piège. Il préférerait plutôt disparaître que de les rejoindre. Aujourd'hui plus que jamais.

Qu'est-ce que tu entends par aujourd'hui plus que jamais, Manu ? je demande.

Je veux dire : maintenant que mes deux cousines sont ici avec nous et que je dois m'occuper d'elles.

T'occuper d'elles, comment ça ?

Juste m'occuper d'elles, vu que Hempstead est un repaire de *pandilleros*, exactement comme Tegucigalpa.

Entre Hempstead et Tegucigalpa il y a une longue chaîne de causes et d'effets. Les deux villes peuvent être dessinées sur la même carte : la carte de la violence liée au trafic de drogue. Fait omis toutefois par pratiquement tous les rapports officiels. Les media ne placeront pas Hempstead, une ville de la communauté urbaine de New York, sur un même plan qu'une ville du Honduras. Quel scandale ! Les rapports officiels aux États-Unis – qui circulent dans les journaux ou à la radio, le message de Washington, et l'opinion publique en général – situent la ligne qui sépare la « civilisation » de la « barbarie » juste sous le Río Grande.

Un bref article particulièrement déconcertant du *New York Times*, en octobre 2014, posait une série de questions, y apportant des réponses à l'emporte-pièce à propos des enfants migrants d'Amérique centrale. Les questions proprement dites étaient tendancieuses : « Pourquoi les enfants migrants ne sont-ils pas *immédiatement* expulsés ? » était l'une de ces questions, comme s'il y avait de quoi être dérouté, voire enragé, du fait que les enfants ne soient pas reçus à la frontière par des catapultes pour les renvoyer dans leurs pays d'origine. Si les questions elles-mêmes étaient légèrement biaisées, les réponses étaient pires. On aurait dit des extraits d'un magazine du dix-neuvième siècle ouvertement raciste ou d'un feuilleton réactionnaire anti-immigration, et non pas le *Times* : «En vertu d'un statut adopté avec le soutien des deux partis, ... les mineurs d'Amérique centrale ne peuvent pas être expulsés immédiatement ... [toutefois] il existe aux États-Unis une loi qui *permet* de renvoyer rapidement les mineurs mexicains *pris* à traverser la frontière.» (Note : la majorité des enfants ne sont pas «pris» – ils se rendent d'eux-mêmes à la Border Patrol.)

Autre question : «D'où viennent les enfants migrants ?» Réponse : «Plus de trois quarts des enfants viennent essentiellement de villes *pauvres et violentes* de trois pays : Salvador, Guatemala et Honduras.» C'est moi qui ajoute les italiques, bien sûr, pour souligner le parti pris fort peu subtil du portrait des enfants : les enfants *pris* alors qu'ils traversaient illégalement... les lois qui *permettent* de les expulser... les enfants qui viennent des villes *pauvres et violentes*... En bref : des barbares qui méritent d'être traités en sous-hommes.

L'attitude des États-Unis vis-à-vis des enfants migrants n'est pas toujours explicitement négative, mais, généralement, elle s'appuie sur une sorte de malentendu ou d'ignorance volontaire. Le débat sur la question omet de manière persistante et cynique les causes de l'exode. Lorsqu'on discute des causes, le consensus général et l'hypothèse sous-jacente semblent être que les origines sont circonscrites aux pays qui «envoient» les émigrants et à leurs nombreux problèmes locaux. Personne ne suggère que les causes sont profondément incrustées dans l'histoire hémisphérique que nous partageons et sont, par conséquent, non pas un lointain problème dans un pays étranger que personne n'arrive à situer sur une carte mais, en réalité, un problème transnational qui inclut les États-Unis – non pas observateur à distance ou victime passive désormais dans l'obligation de faire face à l'arrivée d'enfants indésirables à la frontière méridionale, mais ayant plutôt participé historiquement de manière active aux circonstances ayant généré ce problème.

Cette conviction que la migration de tous ces enfants est «leur» problème (le problème de ces barbares méridionaux) est souvent tellement enracinée que «nous» (la civilisation septentrionale) nous sentons exemptés d'avoir à offrir la moindre solution. La dévastation du tissu social au Honduras, au Salvador, au Guatemala et dans d'autres pays est souvent considérée comme le problème de la «violence des gangs» en Amérique centrale, qui doit être maintenue loin de la frontière. On parle peu, par exemple, du trafic d'armes en provenance des États-Unis vers le Mexique ou l'Amérique centrale, légalement ou pas; on ne mentionne que rarement le fait que c'est la consommation de drogue aux États-Unis qui fondamentalement alimente le trafic de drogue sur le continent.

Mais le circuit de la drogue et ses nombreuses guerres – celles ouvertement déclarées et celles maintenues sous silence – passe par les rues de San Salvador, de San Pedro Sula, d'Iguala, de Tampico, Los Angeles et Hempstead. Ce n'est pas un problème circonscrit à une zone géographique restreinte. Les racines et la portée de la situation actuelle s'étendent sur les deux hémisphères et constituent un complexe réseau global dont on ne peut même pas imaginer les ramifications et l'ampleur véritables. Il est urgent que nous commencions à parler de la guerre de la drogue à l'échelle de l'hémisphère, au moins – une guerre qui part des Grands Lacs au nord des États-Unis et descend jusqu'aux montagnes de Celaque, au sud du Honduras.

Ce serait assurément un pas en avant si nos gouvernements reconnaissaient la dimension hémisphérique du problème, le lien entre des phénomènes tels que les guerres de la drogue, les gangs d'Amérique centrale et des États-Unis, le trafic d'armes en provenance des États-Unis, la consommation de drogue et l'émigration massive d'enfants en provenance du Triangle du Nord vers les États-Unis en passant par le Mexique. Personne, ou presque personne, des producteurs aux consommateurs, n'est prêt à assumer son rôle dans le grand théâtre de la dévastation des vies de ces enfants. Se référer à la situation en parlant d'une guerre à l'échelle d'un hémisphère serait un pas en avant car cela nous obligerait à repenser le langage lui-même qui enveloppe le problème et, procédant de la sorte, à imaginer les directions possibles pour des politiques synchronisées. Sauf que, bien sûr, un « réfugié de guerre » ce n'est pas bon pour les gouvernements, c'est une vérité qui dérange, car cela oblige à faire face au problème au lieu de simplement « éloigner les étrangers (*aliens*) illégaux. »

Quand je demande à Manu un jour ce qu'il pense de Hempstead, il dit que c'est presque aussi moche que Tegucigalpa, mais qu'au moins ça a été la patrie de Method Man du Wu-Tang Clan, et qu'on peut y trouver de bons CD. Plus tard, en faisant une recherche sur Internet pour corroborer l'information concernant Method Man, j'apprends que Hempstead est aussi une des villes où vécut un temps Walt Whitman, et que c'est en outre le lieu de naissance également de l'homme le plus obèse du monde. Durant les semaines qui suivent, j'achète quelques livres et commence à me renseigner sur la ville : c'est une communauté brisée qui sert de scène à la fois pour les Bloods et les Creeps depuis plus de quarante ans. Le rappeur A + a sorti en 1999 un album intitulé *Hempstead High*. Le hit de l'album s'intitule « Enjoy Yourself » [Amuse-toi bien], et le couplet final est le suivant : « *Actin' all wild, unprofessional / Who got beef, I knock teeth out ya smile / But my lyrical lubricant keeps the crowd movin'*." [T'es déchaîné, pas du tout pro / Si tu me cherche des noises, je te pète les dents, fini ton sourire / Mais le lubrifiant de mes lyrics continue à faire bouger le public.] J'écoute le morceau en boucle dans le métro un jour en me rendant à Hempstead – l'ironie de ces paroles retentit dans ma tête. Le Barrio 18 aurait sans doute fait bien pire que le Hempstead 18 qui s'était contenté de péter les dents de Manu. Mais j'imagine que, dans ses nuits de rage et de désespoir adolescents, il se demande pourquoi, pourquoi cette histoire à nouveau, pourquoi donc est-il venu aux États-Unis.

Un jour, au tribunal, j'ai essayé d'expliquer à un avocat la formule « *de Guatemala a Guatepeor* » – « de

Guatemal en Guatepis». Traduite, l'expression perd une partie de son sens, mais on peut la commenter ainsi : presque cinq mille kilomètres séparent Tapachula, la ville-frontière entre le Guatemala et le Mexique, d'où part La Bestia, de New York. Des centaines de milliers d'enfants ont entrepris ce périple, des dizaines de milliers sont arrivés à la frontière, des milliers sont arrivés dans des villes telles que Hempstead. Pourquoi êtes-vous venus aux États-Unis ? demandons-nous. Ils pourraient poser une question similaire : Pourquoi avons-nous risqué nos vies pour venir dans ce pays ? Pourquoi sont-ils venus alors que, comme dans une espèce de cauchemar circulaire, ils arrivent dans de nouveaux établissements scolaires, dans leurs nouveaux quartiers et retrouvent exactement les dangers qu'ils ont fuis ?

Trente-huit : « Selon vous, que se passera-t-il si vous rentrez chez vous ? » Quelques mois plus tard, lors d'un entretien téléphonique avec Alina au cours duquel j'essaye encore d'assembler certaines pièces du puzzle, elle me dit qu'elle avait économisé pendant des années pour pouvoir un jour faire venir Manu et ses deux filles à New York. Mais, dès qu'elle s'était rendu compte que ce n'était plus une plaisanterie, elle avait décidé d'arrêter d'économiser et de s'endetter pour faire venir Manu au plus vite.

Ce ne sont plus des jeux d'enfants, dit-elle. Ils ont tué son copain sous ses yeux, vous savez, et j'ai compris que le prochain sur la liste ce serait lui.

Trente-neuf : « Avez-vous peur de retourner chez

vous ? » Au cours de cette même conversation, Alina me dit aussi qu'elle a fait venir ses filles après que des *pandilleros* du gang qui avait tué l'ami de Manu avaient commencé chaque jour à attendre l'aînée devant son lycée, la suivant lentement à moto jusqu'à chez elle, tandis qu'elle marchait sur le bord de la route en essayant de ne pas se retourner.

Jusqu'alors, l'idée de laisser les enfants voyager par eux-mêmes avec un coyote avait été inimaginable – traverser les frontières, monter sur La Bestia. Soudain, l'idée de les autoriser à rester à Tegucigalpa devenait encore plus inimaginable.

Quarante : « Qui s'occuperait de vous si vous deviez rentrer dans votre pays d'origine ? » Si la réponse est personne, la seule option est de partir pour ne jamais revenir.

Alina a contacté le coyote qui avait fait venir Manu aux États-Unis et lui a demandé de prendre en charge ses filles. La plus âgée des deux a dix-neuf ans, ce n'est plus une enfant, a expliqué Alina, alors elle a été séparée de sa sœur et mise directement en prison avec d'autres adultes. Alina a dû payer 7 500 dollars pour la faire sortir le plus vite possible du centre de détention. Je ne lui demande pas d'où elle tire tout l'argent. Je suppose que les économies d'une vie entière qu'elle et son mari ont patiemment accumulées ont été dépensées pour faire venir les trois adolescents.

Les enfants qui traversent le Mexique et arrivent à la frontière des États-Unis ne sont pas des « immigrants », pas des « illégaux », pas même des « mineurs sans papiers. »

Ces enfants sont des refugiés de guerre et, à ce titre, devraient tous bénéficier du droit d'asile. Mais tous ne l'obtiennent pas.

Raconte-moi la fin, maman, me demande ma fille.

Je ne sais pas.

Dis-moi ce qu'il se passe ensuite.

Parfois j'invente une fin, une fin heureuse. Mais la plupart du temps, je me contente de dire :

Je ne sais pas encore comment ça se finit.

IV

LA COMMUNAUTÉ

Au cours de mon premier semestre d'enseignement à l'université Hofstra, on m'a confié un cours dont l'intitulé, quelque peu banal, était Conversation Avancée. La seule consigne que j'ai reçue était qu'il fallait que je parle espagnol avec les étudiants. Pour le reste, j'avais carte blanche. Comme je ne savais pas trop ce qui ferait parler les étudiants, j'ai commencé à évoquer, dès le premier jour, la crise migratoire des mineurs sans papiers – le seul sujet d'actualité que je maîtrisais suffisamment, et qui me semblait inépuisable et suffisamment urgent pour y consacrer au moins quelques discussions avec les étudiants.

Lors de nos premières rencontres, les dix étudiants de la classe m'ont dévisagée en silence, avec une sorte de perplexité figée que je préfère habituellement attribuer à leur excès d'hormones et leur manque de sommeil plutôt qu'à leur apathie ou mes lacunes pédagogiques. Et je pense avoir eu raison cette fois-ci de ne pas les juger, et de ne pas m'être jugée, trop sévèrement, et trop hâtivement. En milieu de semestre, ils ont commencé à prendre la parole. Ils se sont mis à poser des questions épineuses et à exprimer des opinions sophistiquées. Nous avons décidé de rebaptiser le cours «groupe de réflexion sur les migrations» plutôt que «conversation espagnole.» Les semaines ont passé, et un étudiant qui au début du semestre avait affirmé que les États-Unis avaient trop de problèmes «intérieurs» pour en plus se coltiner davantage d'immigrants est devenu le partisan le plus fervent de l'idée que l'immigration d'enfants aux États-Unis devait être appréhendée non pas comme un problème relevant des affaires étrangères mais comme une préoccupation locale.

Consciente de mes propres limites sur le sujet, j'ai invité à mon cours des spécialistes : des avocats de l'immigration, des travailleurs sociaux, des militants et des spécialistes en sciences politiques.

Le semestre s'est écoulé et j'ai eu le sentiment que, pour une fois, un cours que je faisais ne se cantonnait pas à un programme mais émanait de manière assez naturelle des préoccupations et questions partagées au sein de notre groupe.

La loi américaine garantit un enseignement public gratuit à tous les enfants, indépendamment de leur nationalité ou de leur statut d'immigration. Tout enfant vivant sur le territoire U.S. a ce droit. Mais tous les enfants ne le savent pas, et leurs parents n'en sont pas non plus nécessairement informés. Avec l'afflux de nouveaux enfants migrants, de nombreux établissements scolaires des États-Unis sont saturés, et des administrateurs négligents éconduisent les parents qui les appellent pour se renseigner sur les modalités d'inscription. De nombreuses administrations scolaires ont réagi en créant davantage d'obstacles pour les nouveaux arrivants. Un de ces secteurs est le comté de Nassau, dans l'État de New York, en cinquième position des comtés à très forte proportion de migrants. C'est également le secteur où je travaille. Des établissements scolaires publics du comté de Nassau ont refusé l'inscription de nombreux élèves au prétexte qu'ils n'étaient pas en règle au regard des lois sur l'immigration – ce qui est incontestablement une pratique illégale. À l'été 2015, le ministère de l'Éducation de l'État de New York a procédé à un examen de conformité des initiatives mentionnées ci-dessus et a finalement établi qu'aucun établissement scolaire n'était en droit d'exiger des élèves un quelconque document relatif à leur statut d'immigration.

Mais tous les établissements ne respectent pas la loi. Cela fait maintenant des mois qu'Alina cherche un nouveau lycée pour Manu. Les deux jeunes filles ne sont pas aussi vulnérables à la pression des gangs, pense-t-elle, dans la mesure où elles restent dans leur coin. Mais elle me dit que Manu ne passe plus inaperçu. Il a été inscrit un certain temps dans un lycée de Long Beach, mais on lui a dit que son niveau d'anglais n'était pas suffisant et qu'il fallait d'abord qu'il prenne des cours de langue. D'autres établissements ont dit qu'il ne répondait pas aux critères d'admissibilité, ou bien qu'il lui manquait tel ou tel document, ou qu'il n'y avait tout simplement pas de place

Ils me disent tous non, non, et non.

Je lui demande qui sont ces « ils ». Elle reste silencieuse un moment, puis dit :

Ceux qui répondent au téléphone quand j'appelle un lycée.

Bon, et que se passe-t-il ensuite ? je lui demande.

Un matin d'octobre, mes étudiants arrivent en cours manifestement préoccupés. Tandis que je leur commente un tableau statistique sur les schémas migratoires, ils gigotent sur leurs sièges, chuchotent entre eux, regardent dans la classe et par la fenêtre. J'interromps mon cours et leur demande ce qui ne va pas – m'attendant à ne pas avoir de réaction. Mais quelqu'un finit par dire :

Rien, Madame.

Rien ?

Rien. On veut juste vous dire quelque chose, dit un autre.

De quoi s'agit-il ? je demande, persuadée qu'ils vont boycotter le cours, ou demander à sortir en avance aujourd'hui.

Eh bien, vous savez, quand vous avez fait venir cette professeure, là, pour nous parler ?

Madame Gowrinathan ?

Oui, elle.

Je m'en souviens, bien sûr. Nimmi Gowrinathan est venue faire une conférence sur les fondamentaux du militantisme politique. Elle a insisté sur le fait que le plus important était d'arriver à transformer le capital émotionnel – la rage, la tristesse et la frustration produites par certaines circonstances sociales – en capital politique.

Oui, bien sûr que je me souviens de cet exposé.

Eh bien, maintenant on sait comment faire. On ne veut plus être des volontouristes dans notre propre ville. On veut faire quelque chose qui compte.

Comment ça ? je demande.

Ensemble, ils m'exposent le projet qu'ils ont méticuleusement discuté au préalable. Ils proposent d'utiliser le temps de cours qu'il nous reste pour créer une organisation politique étudiante. Pour ne plus uniquement parler du problème, dit l'un d'eux, et commencer à agir. Je m'assois et les écoute.

Leur idée est simple et brillante : si la crise migratoire a commencé à la frontière entre le Mexique et les États-Unis, au sud de l'Arizona ou du Texas, avant de remonter jusqu'au tribunal de l'immigration de New York, et qu'il y a maintenant des enfants et des adolescents migrants qui habitent dans les villes les plus reculées de Long Island, ça ne s'arrêtera pas là. La crise va s'aggraver et se diffuser, les choses s'effondreront si tous ces mômes ne trouvent pas un moyen de s'intégrer rapidement et pleinement. Ces mômes ont traversé les pires épreuves. En arrivant, ils trouvent un pays inconnu et une nouvelle langue, mais aussi un groupe d'étrangers qu'ils doivent désormais appeler leur famille. Ils sont confrontés à des regroupements familiaux, un enseignement interrompu, l'acculturation et le traumatisme.

Comme Long Island et le comté de Nassau en particulier sont terriblement à la traîne en termes de services et d'enseignement publics, il faut que les universités privées du secteur leur viennent en aide de manière suivie, affirment mes étudiants. Nous avons la place ici, les ressources, les salles de classe, les terrains de football et la station de radio. Les solutions doivent être simples et concrètes, disent-ils. Il faut éviter le jargon creux du type «donnons plus de pouvoir aux migrants». Il faut qu'il y ait des cours intensifs d'anglais, des sessions de préparation à l'université, des équipes sportives, une émission de radio et un groupe de discussions sur les droits et les devoirs civiques. Ils veulent s'associer à des organisations comme The Door, à Manhattan, et S.T.R.O.N.G, une association à but non lucratif qui se concentre sur les adolescents de Long Island particulièrement susceptibles d'être happés par les gangs.

Il suffit d'un groupe de dix étudiants motivés pour commencer à faire une petite différence. À eux dix, sous mes yeux étonnés – voire incrédules – ils rédigent le brouillon d'une constitution, se répartissent des fonctions et obtiennent l'approbation de l'université. Leur organisation s'intitule TIIA, Teenage Immigrant Integration Association, en jouant sur *tía* qui signifie «tante» en espagnol.

Les États-Unis sont un pays plein de trous, et Hempstead en particulier un trou à merde géant, comme dit Manu. Mais c'est également un endroit plein d'individualités qui, peut-être par sens du devoir envers autrui, ont la volonté de boucher ces trous les uns après les autres. Des avocats et des militants travaillent inlassablement pour aider des communautés qui ne sont pas les leurs ; des étudiants, quoique nullement privilégiés, sont prêts à donner de leur temps à ceux qui sont encore moins privilégiés qu'eux.

Il y a certaines choses qu'on ne peut comprendre que rétrospectivement, après que de nombreuses années se sont écoulées et que l'histoire s'est achevée. Entre-temps, on ne peut que la raconter encore et encore au fur et à mesure qu'elle se développe, bifurque, se noue sur elle-même. Et il faut qu'elle soit racontée, car avant de comprendre quoi que ce soit, il faut qu'elle soit narrée de nombreuses fois, de multiples façons différentes et sous des angles différents, par de multiples esprits différents.

J'ai commencé à écrire cet essai fin novembre 2015. À ce moment-là, ma nièce préparait son examen de droit, était en stage à The Door, et travaillait à l'Initiative de la recherche sur la violence au City College, avec une des militantes les plus lucides de la région. Ma *green card* n'était toujours pas arrivée et mon permis de travail provisoire avait expiré le mois précédent. Je n'étais pas en situation illégale, seulement je n'avais plus le droit de travailler sur le territoire américain. J'ai dû renoncer temporairement à mon poste d'enseignante juste avant la période des examens de fin d'année. J'aurais pu prendre un congé sans solde, mais la perspective de laisser cinquante étudiants sans prof après avoir passé un semestre entier avec eux me pesait. J'ai creusé la question, demandé à plusieurs avocats si je ne pouvais pas continuer à travailler en renonçant à ma paye. La réponse, sans la moindre ambiguïté, était non : il vous est interdit d'effectuer un travail «bénévolement» si vous avez au préalable été payée pour l'exercer et que votre situation administrative est en cours de régularisation.

En matière d'immigration, les lois américaines sont draconiennes ; tenter de s'engouffrer dans une brèche aurait été de ma part un acte de grande irresponsabilité, d'autant que j'aurais mis en péril le bien-être de ma famille.

Pourquoi êtes-vous venue aux États-Unis ? Je me suis demandé si j'étais « autorisée » à écrire – écrire est mon métier, après tout. Mais bien sûr j'ai écrit, et j'écrirai, parce que c'est ce que je sais faire. Et j'étais intimement persuadée que si je n'écrivais pas cette histoire-là, cela n'aurait rimé à rien de me remettre à écrire quoi que ce soit d'autre.

Pourquoi êtes-vous venu aux États-Unis ? Peut-être que personne ne connaît la vraie réponse. Je sais que les migrants, quand ils sont encore en route, apprennent la prière de l'immigrant. Un ami ayant passé quelques jours à bord de La Bestia, pour la réalisation d'un documentaire, me l'a lue une fois. Je ne l'ai pas apprise entièrement par coeur, mais je me souviens de ce passage : « *Partir es morir un poco / Llegar nunca es llegar* » – « Partir c'est mourir un peu / Arriver c'est ne jamais arriver. »

Il a fallu que je pose la question à tellement d'enfants : Pourquoi es-tu venu ? Parfois, je me la pose à moi-même. Je n'ai pas encore de réponse. Avant de venir aux États-Unis, je savais ce que les autres savent : que la cruauté de ses frontières n'était qu'une fine couche, et que, de l'autre côté, il y avait une vie possible. J'ai compris, un peu plus tard, qu'à partir du moment où on reste ici, aux États-Unis, assez longtemps, on commence à se remémorer l'endroit d'où l'on vient comme on peut contempler une arrière-cour du haut d'une fenêtre en plein hiver : un squelette du monde, un traité sur l'abandon, des objets morts et obsolètes.

Et une fois qu'on y est, on est prêt à tout donner, ou presque tout, pour rester et jouer un rôle dans le grand théâtre de l'appartenance. Aux États-Unis, rester est une fin en soi et non pas un moyen : rester est le mythe fondateur de cette société. En restant aux États-Unis, vous désapprendrez le système métrique universel pour pouvoir acheter une livre et demie de jambon blanc, accepterez que c'est à trente-deux degrés, et non pas zéro, que se trouve la ligne de démarcation entre le froid et le gel. Vous commencerez même peut-être à célébrer les pèlerins qui ont expulsé des Indiens étrangers, les anciens combattants qui ont peut-être tué d'autres étrangers et la Journée du Président qui finira par déclarer la guerre à tous les autres prétendus étrangers. Peu importe le coût ; peu importe le prix du loyer, du lait, des cigarettes. Les humiliations, les batailles quotidiennes. Vous donnerez tout. Vous vous convaincrez que ce n'est qu'une question de temps avant que vous ne redeveniez vous-même, en Amérique, malgré les couches ajoutées de son altérité qui adhèrent déjà si bien à votre peau. Mais peut-être ne voudrez-vous jamais redevenir celle ou celui que vous étiez avant. Trop de choses vous retiennent au sol de cette nouvelle vie.

Pourquoi es-tu venue ici ? ai-je demandé à une fillette une fois.

Parce que je voulais arriver.

CODA
(Huit brefs post-scriptum)

1 / Nous sommes maintenant en 2017, et j'ai finalement obtenu ma *green card*, et putain, le monde est tellement sens dessus dessous que Trump, je ne sais trop comment, a réussi à devenir président des États-Unis, et le président Enrique Peña Nieto, au Mexique, a recousu le paysage mexicain – auparavant déchiré – dans sa totalité pour en faire un paillasson et accueillir chaleureusement Trumpland.

2 / Nous aurions dû le prévoir, mais nous ne l'avons pas prévu. J'aurais dû, au moins partiellement, anticiper : je suis romancière, ce qui signifie que mon esprit est entraîné à lire le monde comme participant d'une intrigue narrative où certains événements en laissent présager d'autres. Un matin, par exemple, quelques mois avant l'élection, je me tenais devant la glace de la salle de bains, dans mon appartement de Harlem, à côté de ma fille de six ans. Nous nous amusions avec du maquillage à l'eau : des bandes jaunes sur mon front, des points verts

sur le sien, une tache bleue sur mon nez. À un moment donné, elle a plongé l'index dans le petit pot de blanc et s'en est étalé sur les joues en disant : « Regarde, maman, je me prépare pour quand Trump sera président. Comme ça, ils ne sauront pas qu'on est mexicains. »

3 / Nous sommes nombreux à nous effondrer, ce qui est manifestement le cas de toutes les bonnes choses. À l'exception de quelques-unes. Il y a la TIIA, par exemple, qui, bien qu'encore modeste, est devenue un groupe pleinement actif. Sa première action publique a eu lieu le 26 septembre 2016, le jour du premier débat présidentiel, lequel, figurez-vous, s'est déroulé sur le campus de l'université Hofstra. Les étudiants de la TIIA ont préparé des discours inspirés pour les manifestations qui se tiendraient sur le campus le jour du débat. Cherchant des moyens de les aider, j'ai commandé sur Internet des tee-shirts avec l'inscription « *Refugees Welcome Here* ». Au dernier moment, je m'en suis pris un pour moi aussi, alors que pourtant je ne porte jamais de tee-shirt. Les membres de la TIIA ce jour-là ont été épatants. Un groupe bordélique et magnifique. Pendant toute la journée, ils m'ont envoyé par SMS des images et des vidéos de leurs actions sur le campus. La meilleure photo était celle d'un étudiant qui avait réalisé une affiche annonçant « *Refugees Welcome Here* » et se tenait derrière une réplique en carton, grandeur nature, de Donald Trump, les pouces en l'air.

4 / Quelques semaines plus tard, la TIIA a décidé d'organiser un match de foot et a réservé un des meilleurs terrains du campus pour la partie. Dans la précipitation, nous avons tous essayé de recruter le plus possible d'adolescents arrivés récemment à Hempstead. Cinq seulement ont répondu présents : une fille du Honduras et sa mère, un garçon salvadorien, que son oncle a déposé, un autre gars du Honduras, arrivé par les transports en commun de Hempstead. Et, pour ma plus grande joie, Manu — que j'avais essayé de contacter depuis un certain temps, sans succès, mais qui avait finalement pu venir. Comme nous marchions tous ensemble en direction des terrains, j'ai remarqué des centaines d'oiseaux migrateurs qui s'assemblaient dans le ciel d'automne au-dessus de nous. Étrange et néanmoins superbe ironie. Une fois sur le terrain de foot, Manu a été nommé capitaine d'une équipe (visiblement, il en était fier). Un étudiant de la TIIA a été désigné capitaine de l'autre. Le score final a été de 7 à 10.

Le match de la TIIA terminé, un étudiant a proposé à Manu de le raccompagner chez lui en voiture, puis de me déposer à la gare, où je reprendrais mon train pour Manhattan. Une fois Manu devant sa maison, à Hempstead, mon étudiant m'a dit une chose que je n'oublierai pas : Vous savez, jamais je n'aurais pensé que les gamins sur lesquels on a lu plein de choses et dont on a discuté se retrouveraient un jour sur la banquette arrière de ma voiture. Je suis fier de participer à ça.

5 / Le jour où Trump a remporté l'élection, quand j'ai fini par trouver assez de volonté pour sortir du lit, j'ai enfilé mon tee-shirt « *Refugees Welcome Here* » et suis sortie de chez moi – à longues enjambées j'ai marché dans la rue, la chanson « Alright » de Kendrick Lamar en boucle dans mes écouteurs – me sentant prête à tout. J'ai pris la ligne A jusqu'à Penn Station pour attraper mon train à destination de Long Island. En montant dans le wagon, j'ai immédiatement repéré un type de vingt et quelques années, coiffé d'une casquette rouge *Make America* et cetera. J'ai éprouvé une envie viscérale de l'insulter ou de lui jeter quelque chose à la figure, mais je me suis abstenue. Pour le meilleur comme pour le pire, mon corps est incapable de réagir agressivement. Au lieu de cela, je me suis avancée jusqu'à lui, lui ai timidement demandé d'ôter le casque qu'il avait sur les oreilles, puis ai bredouillé d'une manière bien trop émotive une phrase sur l'empathie et la responsabilité sociale. En guise de réponse, il m'a ri bruyamment à la figure. Alors je me suis trouvé un siège et j'ai ouvert un livre, me forçant à ne pas pleurer, à ne pas avoir l'air effrayé.

6 / En arrivant à l'université plus tard ce même jour, je suis entrée dans la salle de classe et j'ai remarqué que mes étudiants membres de la TIIA avaient mis le même tee-shirt que moi : « *Refugees Welcome Here.* » Et il m'a été difficile, au début, de ne pas pleurer. Difficile de ne

pas exhiber ma fragilité absolue devant le groupe. Mais quelques minutes plus tard, ils levaient tous la main, lançaient des idées dingues et fomentaient des projets furieusement révolutionnaires pour contrer l'incertitude qui nous pendait au nez. Je me suis assise sur mon bureau de professeur, jambes croisées, et j'ai écouté, souri et peut-être même ri avec eux.

7 / Je sais qu'il faudra bien plus que l'enthousiasme météorique d'un groupe d'étudiants à l'université pour résister aux années sombres qui s'annoncent. Mais si j'ai été capable de conserver un semblant de santé mentale, c'est grâce à une poignée de membres de la TIIA qui ont organisé des matchs de foot et des cours d'anglais. J'ai hâte que grandissent et s'épanouissent ces membres de la TIIA et cette génération. Si on arrive tous à s'en sortir au cours des années qui viennent, ce sera grâce aux jeunes gens qui sont prêts à faire don de leur esprit, de leur cœur et de leur corps pour que les choses changent.

Il y a un jeune homme au sein de la TIIA qui a émigré du Ghana en Espagne quand il était petit, et est devenu par la suite footbaleur, avant qu'on le fasse venir aux U.S.A pour ses compétences, c'est désormais lui qui organise les matchs de football de la TIIA – comme ça, uniquement parce qu'il estime que c'est ce qu'il faut faire. Il y a une jeune femme qui cumule les heures de boulot pour payer ses frais de scolarité et doit expliquer à son patron que oui, elle est basanée et que oui elle soutient les enfants migrants, mais qu'elle est également une citoyenne honnête, voire patriote (si patriote signifie aimer et défendre un pays ouvert à tous et égalitariste). Il y a un autre jeune homme qui apporte un skateboard en classe, il est moitié colombien, moitié turc, et cependant totalement américain, il développe un projet complexe pour enseigner les droits civiques et l'art du skateboard aux réfugiés adolescents. Les gens lui demandent s'il est catholique, musulman ou quoi et il répond qu'il ne sait pas, mais que peut-être un jour il sera écrivain ou photographe. Et il y a un jeune homme qui peigne délicatement son sourcil droit avec son pouce et dit: Non, M'dame, non non non, on va pas en rester là, on ne courbera pas l'échine. Une autre jeune femme dit: Madame, toutes nos émotions, faut qu'on les transforme en capital politique, yo!

8 / Manu a désormais un titre de séjour en tant que mineur isolé étranger. Il a trouvé une église où il est bien accueilli et a des parrains à S.T.R.O.N.G qui l'ont aidé à s'en sortir. Il prend aussi des cours d'anglais avec la TIIA et vient parfois jouer au foot sur le campus. Il m'a dit qu'il voulait que son vrai nom figure dans ce livre, pour pouvoir l'envoyer à sa famille et à ses amis au Honduras. Mais, comme il doit encore faire une demande de *green card*, et que les temps sont funestes et instables, les avocats que nous avons consultés ont jugé qu'il était préférable qu'il conserve l'anonymat. Quand je lui ai dit ça, il a dit: D'accord, très bien, *no pasa nada*.

Entretemps, il a dit qu'il s'entraînerait à l'art de la fugue dans son jardin à Hempstead :

REMERCIEMENTS

Les histoires racontées dans cet essai sont vraies. Le nom de tous les enfants à qui j'ai fait remplir le dossier de demande d'asile, ainsi que les détails de leur biographie et de celle de leurs parrains, ont été modifiés afin de les protéger. Les dates de certains événements et l'ordre dans lequel ils ont eu lieu ont également pu être changés pour la même raison.

Je souhaite remercier John Freeman, qui m'a encouragée à écrire cet essai et en a publié une première mouture plus courte dans le journal *Freeman's*. Je tiens à remercier les organisations et groupes de réflexion ci-dessous : The Door, Safe Passage, S.T.R.O.N.G, le Migration Policy Institute, le Politics of Sexual Violence Initiative, l'American Immigration Lawyers Association et la Teenage Immigrant Integration Association. Pour sa soigneuse révision juridique, je remercie Careen Shannon, avocate associée à Fragomen, Del Rey, Bernsen & Loewy, LLP (le plus grand cabinet d'avocats spécialisé dans les questions d'immigration aux États-Unis), membre également du conseil d'administration du Safe Passage Project. Pour leurs remarques judicieuses, leur soutien et leur enthousiasme, je veux tout particulièrement remercier Rebecca Sosa, Michael Vargas, Angela Hernández, Nimmi Gowrinathan et Ana Puente, ainsi que les membres de la TIIA à l'université Hofstra : Meshack Eshun Addy, Danielle Lewis Lourdes Carballo, Benjamin Cope, Cem Gokham, Pauleen Samantha Jean-Louis, Brandon Jurewicz, Amanda Moncada, Awilda Pena Luna, Jessica Simonelli et Kaleigh Warner.

SOURCES

Au-delà des entretiens avec les enfants et les membres de leur famille, pour ma recherche, j'ai consulté un grand nombre d'études, de fiches d'information, de documentaires, d'articles de journaux et échangé beaucoup de mails. Je les mentionne ci-dessous dans leur ordre d'apparition, en citant les phrases du texte qu'ils étayent.

Page 12 *Rien n'est clair dans la façon dont la situation est initialement présentée – laquelle situation est bientôt désignée, de manière plus large, comme une crise migratoire, même si d'aucuns lui préféreront la dénomination plus pertinente de « crise des réfugiés. »*
Source : Sonia Nazario, « The Children of the Drug Wars : A Refugee Crisis, Not an Immigration Crisis », *New York Times*, 11 juillet 2014.

Page 14 *Les manifestants, dont certains exercent leur droit de porter une arme à condition qu'elle soit visible, se rassemblent devant le Wolverine Center à Vassar [Michigan], censé accueillir des jeunes en situation illégale, ils veulent montrer leur consternation face à une telle situation.*

Thelma et Don Christie, de Tucson, manifestent contre l'arrivée d'immigrants sans papiers à Oracle, Arizona. Le 15 juillet 2014.

Sources : Paul Ingram, « Arizona Town Protests Arrival of Undocumented Migrant Kids », Reuters, le 15 juillet 2014. Lindsay Knake, « Protesters Carry AR Rifles, Flags in March against Central American Teens Coming to Vassar », *Michigan Live* (MLive.com), le 15 juillet 2014.

Page 15 *En lui reservant du café, elle lui dit que des centaines d'enfants migrants vont être […] expulsés le jour même vers le Honduras, le Mexique ou ailleurs.*

Source (entre autres) : Associated Press, « Immigrants in New Mexico Deported to Central America », *Washington Post*, le 14 juillet 2014.

Page 16 *L'air heureux, les enfants expulsés sont sortis de l'aéroport par une après-midi étouffante, sous un ciel couvert. En file indienne, ils sont montés dans un autocar, jouant avec des ballons qu'on leur avait donnés.*

Source : Gabriel Stargardter, « First U.S. Flight Deports Honduran Kids under Fast-Track Puch », Reuters, le 15 juillet 2014.

Page 19 *[…] les trains de marchandises qui traversent le Mexique, sur lesquels se juchent parfois, chaque année, jusqu'à un demi-million de migrants d'Amérique centrale.*

Source : Rodrigo Dominguez Villegas, « Central American Migrants » et « "La Bestia" : The Route, Dangers, and Government Responses,» Migration Policy Institute, le 10 septembre 2014.

Page 19 *Des milliers ont péri ou ont été gravement blessés à bord de La Bestia, soit à cause des déraillements fréquents des vétustes trains de marchandises, soit après être tombés du train en pleine nuit.*
Source : Padre Alejandro Solalinde et al., La Bestia (documentaire), Miami : Venevision International, 2011.

Page 22 *En juillet 2015, par exemple, l'American Immigration Lawyers Association (AILA) a porté plainte après avoir appris que, dans un centre de détention à Dilley, Texas, on avait vacciné 250 enfants contre l'hépatite, leur administrant des doses pour adultes.*
Source : Wendy Feliz et George Tzamaras, « Vaccine Overdose of Detained Children : Another Sign that Family Detention Must End », American Immigration Council and American Immigration Lawyers Association, le 4 juillet 2015.

Page 22 *La loi stipule qu'une personne ne doit pas rester dans la glacière plus de soixante-douze heures, mais les enfants y sont souvent immobilisés sur de plus longues périodes, exposés non seulement à des conditions inhumaines et des températures glaciales mais aussi à de la maltraitance verbale et physique.*
Sources : A Guide to Children Arriving at the Border : Laws, Policies and Responses, American Immigration Council, le 26 juin 2015 ; Cindy Carcamo, « Judge Blasts ICE, Says Immigrant Children, Parents in Detention

Centers Should Be Released», *Los Angeles Times*, le 25 juillet 2015.

Page 23 … *nous repérons un sentier de fanions que des groupes de bénévoles accrochent aux arbres et aux barrières, indiquant la présence de citernes remplies d'eau pour que les personnes traversant le désert puissent se désaltérer.*

Source : Dans un échange d'e-mails, le traducteur Kevin Gerry Dunn, qui a opéré au sein de groupes de bénévoles, confirmait : «Les citernes à eau avec les fanions sont à l'initiative d'un groupe appelé Humane Borders. Je crois qu'ils ont l'autorisation du gouvernement de laisser ces citernes à certains endroits désignés. Le problème c'est qu'elles sont volumineuses et difficiles à manier, si bien qu'il faut les laisser à proximité des grands axes routiers, où il est peu probable que les migrants osent s'aventurer, de peur de se faire prendre. D'autres groupes (les deux dont j'ai entendu parler sont No More Deaths et Samaritans, mais il est possible qu'il y en ait d'autres), laissent des bonbonnes d'eau le long des sentiers empruntés par les migrants, où il y a toutes les chances qu'ils les trouvent. Ces récipients sont régulièrement saccagés par les milices et / ou la Border Patrol. Il existe une vidéo montrant des membres de la Border Patrol vandalisant un point d'eau (https://youtube.com/watch?v=za_Tmt9rSGI).»

Page 26 *Viols : quatre-vingts pour cent des femmes et des filles qui traversent le Mexique pour atteindre la frontière U.S. sont violées en chemin. La situation est tellement banale que la*

plupart d'entre elles prennent des contraceptifs à titre préventif
au départ de leur périple vers le nord.

Source : Erin Siegal McIntyre et Deborah Bonello :
« Is Rape the Price to Pay for Migrant Women Chasing
the American Dream ? » *Fusion*, le 10 septembre 2014.

Page 26 *Enlèvements : en 2011, la Commission nationale*
pour les droits humains au Mexique a publié un rapport spécial
sur les kidnappings et enlèvements d'immigrants, révélant que
le nombre de rapts entre avril et septembre 2010 – une période
de six mois seulement – s'élevait à 11 333.

Source : Comisión Nacional de Derechos Humanos,
Informe especial sobre secuestro de migrantes en Mexico, le
22 février 2011, p. 26.

Page 26 *[…] certaines sources estiment que, depuis 2006,*
environ 120 000 migrants ont disparu lors de leur transit au
Mexique.

Source : Shaila Rosagel, « Muerte, trata, violación
…el drama de migrantes en México es peor que el de
Europa : ONGs », sinembargo.mx, le 9 septembre 2015.

Page 27 *Le 24 août 2010, les corps de soixante-douze*
migrants d'Amérique centrale et du Sud ont été retrouvés
entassés dans un charnier, un ranch de San Fernando, dans
l'État de Tamaupilas.

Source (entre autres) : Randal C. Archibold, « Victims
of Massacre in Mexico Said to Be Migrants », New York
Times, le 25 août 2010. Parmi les sources innombrables

qui ont rapporté ce fait, il faut souligner «l'autel» en ligne compilé en 2010 par l'auteur et reporter Alma Guillermoprieto, dédié à la mémoire des soixante-douze, sur le site 72migrantes.com. L'objectif du projet de Guillermoprieto était de réunir le plus de renseignements possibles sur les migrants assassinés et de rassembler des auteurs et des journalistes au Mexique afin d'organiser une manifestation.

Page 29 *Certaines sont liminales, comme le cas bien connu d'un garçon de seize ans, du côté mexicain de la frontière qui, en 2012, a été abattu par un policier américain, lequel a par la suite affirmé que le garçon et d'autres individus lui avaient jeté des pierres.*
Source (entre autres) : Nigel Duara, «Family of Mexican Boy Killed by Border Patrol Agent Can Sue, Judge Rules», *Los Angeles Times*, le 10 juillet 2015.

Page 29 *Nous savons, par exemple, que des milices civiles et des propriétaires de ranchs pourchassent des migrants sans papiers, soit par conviction soit par pur goût de la chasse.*
Source : The Custom Map of Migrant Mortality que l'on trouve sur http://humaneborders.info/app/map.asp où figurent le nom, le lieu et la cause du décès des migrants défunts. Les causes de la mort sur des propriétés privées, telles que constatées par les médecins légistes, suggèrent une violence extrême : «traumatisme crânien suite à des coups frappés par un objet contondant», «complications suite à blessures multiples portées par

objets contondants», «blessures par balles à la tête et au torse».

Page 29 *Rien qu'à l'institut médico-légal du comté de Pima, en Arizona, plus de 2 200 dépouilles mortelles ont été répertoriées depuis 2001, la plupart n'ayant toujours pas été identifiées.*
Source : Gayatri Parameswaran et Felix Gaedtke, «Identifying Mexico's Many Dead along the U.S. Border», *Al Jazeera*, le 17 mars 2015.

Page 36 *[…] The Door – une association à but non lucratif, basée à Manhattan, qui vient en aide aux enfants et aux adolescents, offrant du soutien juridictionnel, de l'assistance socio-psychologique et même des cours de hip hop […]*
Diverses organisations fournissent une aide juridique aux migrants mineurs et se relaient sur plusieurs journées au tribunal. The Door, contrairement à la plupart des autres, offrent aux jeunes migrants des services et du soutien allant au-delà de la procédure administrative, aide médicale et psychologique, cours d'anglais, de cinéma, de hip hop, etc.

Page 38 *Plus tard, à l'été 2015, les chiffres ont été dévoilés : entre avril 2014 et août 2015, plus de 102 000 enfants non accompagnés avaient été détenus à la frontière.*
Source : Sarah Pierce, «Unaccompanied Child Migrants in U.S. Communities, Immigration Court, and Schools», Migration Policy Institute, octobre 2015.

Page 40 *À New York, par exemple, dès août 2014, certaines organisations se sont réunies et ont décidé de se rassembler en une coalition d'urgence, baptisée Immigrant Children Advocate's Relief Effort (ICARE).*

En août 2014, en réaction au nombre croissant de mineurs non accompagnés traversant la frontière méridionale des U.S. A., sept organisations ayant pour vocation de fournir de l'aide juridique ont formé la coalition ICARE, qui offre aux mineurs non accompagnés une aide juridique au tribunal de l'immigration de New York aux mineurs subissant une procédure d'éloignement des États-Unis. On trouve dans cette coalition la Legal Aid Society, The Door, Catholic Charities, Central American Legal Assistance, Make the Road New York, Safe Passage et Kids in Need of Defense. Sur les sept associations, trois – Legal Aid Society, Make the Road New York et The Door – s'appuient sur des bénévoles pour s'assurer que les ressources sont suffisantes au tribunal pour assister tous les enfants qui en ont besoin.

Source : « Volunteer in New York City : ICARE », Unaccompanied Children Resource Center, https://www. uacresources.org/regionalefforts/item.6849-Volunteer_ in_New_York_City.

Page 48 *Pour les victimes de certains crimes avérés et horribles, la permission de rester sur le territoire américain est probablement une récompense insuffisante. Mais c'est mieux que rien.* Dans la nouvelle loi mexicaine sur l'immigration, ratifiée en 2011 après l'assassinat de soixante-douze migrants dans l'État de Tamaulipas, une clause similaire garantit le droit à un visa quand un migrant est victime ou témoin d'un crime. Mais aujourd'hui encore, il règne un certain flou sur ce qui a été mis en œuvre.

Source, Loi sur l'immigration, section V, article 52, publiée dans le *Diaro Oficial de la Federación*, le 25 mai 2011, amendé le 21 avril 2016.

Page 50 *Les États où le plus grand nombre d'enfants ont été confiés à des parents référents depuis le début de la crise sont le Texas (plus de 10 000 enfants), la Californie (presque 9 000 enfants) et New York (plus de 8 000 enfants).*

Source : Sarah Pierce, «Unaccompanied Child Migrants in U.S. Communities, Immigration Court, and Schools», Migration Policy Institute, octobre 2015, p. 4.

Page 53 *La procédure par laquelle les enfants mexicains sont ainsi renvoyés est appelée «retour volontaire.» Et, aussi incroyable que cela puisse paraître, le retour volontaire est le verdict le plus fréquent. Hormis une poignée d'exceptions heureuses, tous les enfants mexicains sont expulsés dans le cadre de cette procédure.*

D'après le U.S. Government Accountability Office, l'organisme d'audit chargé du contrôle des comptes publics du budget fédéral, «Les données et les échantillons aléatoires de dossiers d'affaires de l'année fiscale 2014 permettent d'établir que la CBP, le service des douanes et de la protection des frontières, entre 2009 et 2014, a raccompagné à la frontière environ 93% des enfants mexicains non accompagnés de moins de 14 ans, sans avoir fourni de motif à leurs décisions.»

Source : *Unaccompanied Alien Children : Actions Needed to Ensure Children Receive Required Care in DHS Custody*, GAO-15-521, le 14 juillet 2015.

Page 59 *Et quel est le chef d'accusation ? Fondamentalement, l'enfant est coupable d'être venu aux États-Unis sans permission officielle et se trouve par conséquent susceptible d'être «éloigné» des États-Unis. Le simple fait de reconnaître le chef d'accusation conduit à l'expulsion, sauf si l'avocat de l'enfant peut trouver des éléments à faire valoir en vue de l'obtention d'un statut officiel qui lui permettra de se pourvoir pour contrer l'expulsion.*

Source : Dans un échange d'e-mails, l'avocate Rebecca Sosa, spécialiste des questions d'immigration, expliquait : «Bien que les accusations soient officiellement uniformes, une première audience d'enfant devant le juge varie selon divers facteurs, selon que l'affaire bénéficie ou non d'un traitement prioritaire, que le gouvernement a décrété dans le cadre d'une mesure d'urgence, imposant des délais restreints pour que les affaires soient traitées plus vite.»

La procédure est excessivement compliquée. Dans un e-mail, l'avocate Careen Shannon, spécialiste de l'immigration, l'a brièvement résumée ainsi : «D'abord l'enfant se présente à une audience au tribunal de l'immigration, reconnaît pouvoir être éloigné des États-Unis, puis sollicite un ajournement de la procédure d'éloignement dans le but de réunir des «éléments nouveaux» qui seront déposés devant le juge d'instance (ou le juge civil local, selon les États). Le gardien ou tuteur envisagé pour l'enfant doit alors obtenir une ordonnance judiciaire le nommant à cet effet, et doit aussi demander à la cour de présenter les «éléments nouveaux» qui doivent stipuler (1) que la cour déclare l'enfant sous sa protection, ou place légalement l'enfant sous la responsabilité d'une agence, d'un ministère d'État, d'un individu, d'une personne morale désignée par un tribunal pour enfants ou par une autre cour d'État; (2) que le regroupement avec un ou les deux parents de l'enfant n'est pas souhaitable pour cause de maltraitance, de négligence, d'abandon ou toute autre base similaire au terme du droit de l'État; et (3) qu'il ne serait pas dans l'intérêt supérieur de l'enfant d'être renvoyé dans son pays d'origine ou dans le pays où il résidait.

«Une fois que l'enfant a obtenu l'ordonnance de garde et réuni les «éléments nouveaux» du dossier de recours, il peut faire une requête auprès de l'USCIS, le service de citoyenneté et d'immigration américain, en vue de se voir reconnaître un titre de séjour en tant que mineur isolé étranger. Si l'USCIS fait droit à la requête, l'enfant n'a toujours pas de statut juridique : il bénéficie uniquement de l'autorisation de faire une demande de résidence permanente dans la mesure où il répond aux critères légaux pour le statut spécial de jeune immigrant. La procédure d'éloignement est toujours en cours, si bien que l'enfant devra de nouveau se présenter devant le juge de l'immigration avec la preuve de l'obtention de son statut et demander à la cour de renoncer à la procédure d'éloignement. C'est seulement *ensuite*, en apportant la preuve que le statut de mineur isolé étranger (SIJ) a été approuvé et qu'il est mis fin à la procédure d'éloignement, que l'enfant peut demander une modification de statut afin d'obtenir celui de résident permanent.»

Page 67 *[…] la majorité des enfants qui trouvent un avocat passent en jugement et bénéficient, sous une forme ou une autre, d'une autorisation de séjour. Tous les autres sont expulsés* in absentia *ou en personne.*
Sarah Pierce, «Unaccompanied Child Migrants in U.S. Communities, Immigration Court, and Schools», Migration Policiy Institute, octobre 2015.

Page 67 *Le tribunal de l'immigration étant un tribunal civil, ces «aliens» (étrangers) enfants n'ont pas droit à l'aide juridique gratuite que garantit la loi américaine aux citoyens mis en accusation.*
Source : Dans un e-mail, l'avocate Rebecca Sosa, spécialiste des dossiers d'immigration, explique : «Il n'existe pas de droit à une aide juridictionnelle dans le contexte de l'immigration car il s'agit d'une procédure civile et que le droit à une défense dans un contexte criminel ne s'applique pas ici. Tous les immigrants cherchant à bénéficier d'un titre de séjour ou souhaitant se défendre ont droit à une aide juridique pour se défendre contre le gouvernement américain, ce qui signifie qu'ils doivent se trouver et payer de leur poche un avocat ou bien en trouver un qui travaillera

gratuitement. Certains immigrants sans papiers ont aussi le droit à des prestations en matière de soins et de santé, mais seulement jusqu'à l'âge de 19 ans.»

Page 75 *Miguel Hernández a composé un poème intitulé « Élegie » à propos de la mort d'un ami d'enfance.*

Source : Miguel Hernández, *The Selected Poems of Miguel Hernández*, édité et traduit en anglais par Ted Genoways (Chicago : University of Chicago Press, 2001).

Page 76 *Peu après le début de la crise des enfants migrants non accompagnés aux États-Unis, à la suite d'une rencontre entre le président Obama et le président Enrique Peña Nieto, le gouvernement mexicain a présenté son nouveau plan anti-immigration, le* Programa Frontera Sur.

Sources : « Assessing the Alarming Impact of Mexico's Southern Border Program », Washington Office on Latin America, le 28 mai 2015 ; « Así Planea Mexico domar a la bestia », *La Tribuna*, le 6 septembre 2016 ; Joseph Sorrentino, « How the U.S. "Solved" the Central American Migrant Crisis », *In These Times*, le 12 mai 2015 ; « Programa Frontera Sur : Una Cacería de Migrantes », Animal Político / CIDE.

Page 79 *[…] le département d'État a versé au gouvernement mexicain des dizaines de millions de dollars pour filtrer la migration des ressortissants d'Amérique centrale.*

Source : Sonia Nazario, « Outsourcing a Refugee Crisis : U.S. Paid mexico Millions to Target Central

Americans Fleeing Violence », *Democracy Now*, le 13 octobre 2015.

Page 79 *[…] depuis 2014, il* [Peña Nieto] *a expulsé chaque année plus de ressortissants d'Amérique centrale que les États-Unis, plus de 150 000 en 2015.*
Sources : « Mexico Now Detains More Central American Migrants than the U.S. », Washington Office on Latin America, le 11 juin 2015 ; Natalia Gómez Quintero, « México deporta 150 mil migrantes en 2015 », *El Universal*, le 12 février 2016.

Page 83 *Un bref article particulièrement déconcertant du* New York Times, *en octobre 2014, posait une série de questions, y apportant des réponses à l'emporte-pièce à propos des enfants migrants d'Amérique centrale.*
Source : Haeyoun Park, « Children at the Border », *New York Times*, le 21 octobre 2014.

Page 93 *De nombreuses administrations scolaires ont réagi en créant davantage d'obstacles pour les nouveaux arrivants. Un de ces secteurs est le comté de Nassau, dans l'État de New York, en cinquième position des comtés à très forte proportion de migrants.*
Source : Sarah Pierce, « Unaccompanied Child Migrants in U.S. Communities, Immigration Court, and Schools », Migration Policy Institute, octobre 2015.

Page 93 *À l'été 2015, le ministère de l'Éducation de l'État de New York a procédé à un examen de conformité des initiatives mentionnées ci-dessus et a finalement établi qu'aucun établissement scolaire n'était en droit d'exiger des élèves un quelconque document relatif à leur statut d'immigration.*

Sources : Benjamin Mueller, « Immigrants' School Cases Spur Enrollment Review in New York », *New York Times,* le 22 octobre 2014 et « Requirements Keep Young Immigrants Out of Long Island Classrooms », *New York Times,* le 21 octobre 2014.

RÉALISATION : PAO ÉDITIONS DU SEUIL
IMPRESSION : CORLET IMPRIMEUR S.A. À CONDÉ-SUR-NOIREAU
DÉPÔT LÉGAL : AVRIL 2018. N° 1241 (194153)
IMPRIMÉ EN FRANCE